NO JARDIM DO OGRO

LEÏLA SLIMANI
NO JARDIM DO OGRO

Tradução
Gisela Bergonzoni

Copyright © Éditions Gallimard, 2014
Copyright © Editora Planeta do Brasil, 2019
Todos os direitos reservados.
Título original: *Dans le jardin de l'ogre*

Preparação: Beatriz Mendes
Revisão: Maitê Zickuhr e Opus Editorial
Projeto gráfico: Jussara Fino
Diagramação: Abreu's System
Capa: Adaptada do projeto gráfico original de Compañía
Imagem de capa: Jeff Cottenden

DADOS INTERNACIONAIS DE CATALOGAÇÃO NA PUBLICAÇÃO (CIP)
ANGÉLICA ILACQUA CRB-8/7057

Slimani, Leila
  No jardim do ogro / Leïla Slimani; tradução de Gisela Bergonzoni. -- São Paulo: Planeta, 2019.
  192 p.

  ISBN: 978-85-422-1598-4
  Título original: Dans le jardin de l'ogre

  1. Ficção francesa. I. Título II. Bergonzoni, Gisela

19-0594   CDD 843

Cet ouvrage, publié dans le cadre du Programme d'Aide à la Publication 2018 de l'Institut Français du Brésil, bénéficie du soutien du Ministère de l'Europe et des Affaires étrangères.
Este livro, publicado no âmbito do Programa de Apoio à Publicação 2018 do Instituto Francês do Brasil, contou com o apoio do Ministério Francês da Europa e das Relações Exteriores.

2019
Todos os direitos desta edição reservados à
Editora Planeta do Brasil Ltda.
Bela Cintra, 986 – 4º andar – Consolação
01415-002 – São Paulo-SP
www.planetadelivros.com.br
faleconosco@editoraplaneta.com.br

Não, não sou eu. É outra pessoa que sofre. Eu não poderia ter sofrido tanto.

Anna Akhmátova
Réquiem

* * *

Vertigem não é medo de cair, é outra coisa. É a voz do vazio debaixo de nós, que nos atrai e nos envolve, é o desejo da queda do qual logo nos defendemos aterrorizados. Eu poderia dizer que vertigem é a embriaguez causada pela própria fraqueza. Temos consciência da nossa própria fraqueza e não queremos resistir a ela, mas nos abandonar a ela. Embriagamo-nos com a nossa própria fraqueza, queremos ser mais fracos ainda, queremos desabar em plena rua à vista de todos, queremos estar no chão, ainda mais baixo que o chão.

Milan Kundera
A insustentável leveza do ser

Faz uma semana que ela aguenta. Uma semana que ela não cedeu. Adèle comportou-se. Em quatro dias, correu trinta e dois quilômetros. Foi de Pigalle até os Champs-Élysées, do museu d'Orsay até Bercy. Ela correu de manhã nos cais desertos. À noite, no boulevard Rochechouart e na place de Clichy. Não tomou álcool e foi deitar cedo.

Mas, esta noite, ela sonhou e não conseguiu dormir de novo. Um sonho úmido, interminável, que se introduziu nela como um sopro de ar quente. Adèle só consegue pensar nisso. Ela se levanta, toma um café bem forte na casa adormecida. De pé na cozinha, ela balança de um pé para o outro. Fuma um cigarro. Sob o chuveiro, tem vontade de se arranhar, de rasgar o corpo em dois. Ela bate a testa contra a parede. Quer que a agarrem, que arrebentem seu crânio contra o vidro. É só fechar os olhos que ela ouve os barulhos, os suspiros, os gritos, os golpes. Um homem nu ofegando, uma mulher gozando. Ela quer ser apenas um objeto no meio de uma horda, ser devorada, chupada, engolida inteira. Que belisquem seus seios, que mordam seu ventre. Quer ser uma boneca no jardim de um ogro.

Ela não acorda ninguém. Veste-se no escuro e não se despede. Está nervosa demais para sorrir a quem quer que seja, para começar uma conversa matinal. Adèle sai de casa e caminha pelas ruas vazias. Desce as escadas do metrô Jules Joffrin, a cabeça baixa, nauseada. Na plataforma, um rato corre por cima da ponta de sua bota e ela tem um sobressalto. No vagão, Adèle olha à sua volta. Um homem com um terno barato a observa. Usa sapatos pontudos mal engraxados e tem mãos peludas. É feio. Ele poderia servir. Como o estudante que enlaça sua namorada e lhe dá beijos no pescoço. Como o cinquentão de pé contra o vidro, que lê sem levantar os olhos em sua direção.

Ela apanha no assento à sua frente um jornal de ontem. Vira as páginas. Os títulos se misturam, ela não consegue fixar a atenção. Fecha-o, exasperada. Ela não pode ficar ali. Seu coração golpeia dentro do peito, está sufocando. Ela solta sua echarpe, a faz deslizar pelo pescoço ensopado de suor e a coloca sobre um assento vazio. Levanta-se, abre o sobretudo. De pé, com a mão no fecho da porta, a perna tremendo, está pronta para saltar.

Ela esqueceu o telefone. Senta-se de novo, esvazia a bolsa, deixa cair um estojo de maquiagem, puxa um sutiã que ficou emaranhado nos fones de ouvido. *Pouco prudente esse sutiã*, pensa. Não pode ter esquecido o telefone. Se esqueceu, terá de voltar para casa, achar uma desculpa, inventar alguma coisa. Mas não, ele está lá. Sempre esteve lá, mas ela não o vira. Ela arruma a bolsa. Tem a impressão de que todo mundo está olhando para ela. Que o vagão inteiro zomba do seu pânico, de suas bochechas queimando. Ela abre o flip do pequeno telefone e ri ao ver o primeiro nome.

Adam.

De qualquer forma, já era.

Ter vontade já é ceder. A barragem está rompida. De que adiantaria se segurar? A vida não seria mais bela. Agora, ela reflete como uma opiômana, como uma jogadora de cartas. Está tão satisfeita por ter afastado a tentação durante alguns dias que se esqueceu do perigo. Levanta-se, puxa para cima a trava pegajosa, a porta se abre.

Estação Madeleine.

Ela atravessa a multidão que avança como uma onda para se precipitar nos vagões. Adèle procura a saída. Boulevard des Capucines, ela começa a correr. *Tomara que ele esteja lá, tomara que ele esteja lá*. Diante das lojas de departamento, pensa em desistir. Ela poderia pegar a linha 9, que a levará diretamente ao escritório, na hora da reunião de pauta. Ela anda em torno da entrada do metrô, acende um cigarro. Aperta a bolsa contra o ventre. Um bando de romenas a avistou. Avançam sobre ela, com seus lenços na cabeça, alguma petição falsa nas mãos. Adèle acelera o passo. Pega a rue Lafayette, está fora de si, erra a direção, volta para trás. Rue Bleue.

Ela digita o código e entra no prédio, sobe as escadas como uma enlouquecida e bate na porta pesada, no segundo andar.

— Adèle... — Adam sorri, os olhos inchados de sono. Está nu.

— Não fale nada. — Adèle tira seu sobretudo e se joga sobre ele. — Por favor.

— Você poderia ter ligado... Não são nem oito horas...

Adèle já está nua. Arranha o pescoço dele, puxa seu cabelo. Ele graceja e se excita. Ele a empurra violentamente, estapeia-a. Ela segura seu sexo e se penetra. De pé contra a parede, sente-o entrar dentro dela. A angústia se dissolve. Ela reencontra suas sensações. Sua alma pesa menos, seu espírito se esvazia. Ela agarra as nádegas de Adam, imprime ao corpo do homem movimentos vivos, violentos, cada vez mais rápidos. Ela tenta chegar a algum lugar, está tomada por uma raiva infernal.

— Mais forte, mais forte — começa a gritar.

Ela conhece esse corpo e isso a contraria. É simples demais, mecânico demais. A surpresa de sua chegada não é suficiente para sublimar Adam. Seu abraço não é obsceno o bastante, nem tenro o bastante. Ela coloca as mãos de Adam sobre seus seios, tenta esquecer que é ele. Fecha os olhos e imagina que ele a está forçando.

Ele não está mais lá. Sua mandíbula se contrai. Ele a vira de costas. Como toda vez, ele apoia sua mão direita contra a cabeça de Adèle, empurra-a para o chão, segura seu quadril com a mão esquerda. Ele lhe dá grandes golpes, bufa, goza.

Adam tem tendência a se deixar levar.

Adèle se veste de costas para ele. Tem vergonha de que ele a veja nua.

— Estou atrasada pro trabalho. Eu te ligo.

— Como quiser — responde Adam.

Ele fuma um cigarro, encostado na porta da cozinha. Toca com a mão o preservativo que pende da ponta do seu sexo. Adèle evita olhá-lo.

— Não encontro minha echarpe. Você não a viu? É uma cinza de caxemira, gosto muito dela.

— Vou procurá-la. Te devolvo da próxima vez.

Adèle adota um ar despreocupado. O importante é não dar a impressão de se sentir culpada. Ela atravessa a redação como se estivesse voltando de uma pausa para fumar, sorri a seus colegas e senta à sua mesa. Cyril tira a cabeça de sua gaiola de vidro. Sua voz é coberta pelo rumor dos teclados, pelas conversas telefônicas, pelas impressoras que cospem artigos, pelas discussões ao redor da máquina de café. Ele berra.

— Adèle, são quase dez horas.

— Eu tinha um compromisso.

— Sim, é isso. Você está com duas matérias atrasadas, não estou nem aí pros seus compromissos. Eu as quero pra daqui a duas horas.

— Você vai receber suas matérias. Estou quase acabando. Depois do almoço, pode ser?

— Que saco, Adèle! Não dá pra perder tempo te esperando. A gente tem um fechamento, merda!

Cyril se deixa cair sobre a cadeira, agitando os braços.

Adèle liga seu computador e apoia o rosto nas mãos. Não tem a menor ideia do que vai escrever. Ela nunca deveria ter se comprometido a fazer aquela matéria sobre as tensões sociais na Tunísia. Fica se perguntando o que deu nela para levantar a mão durante a reunião de pauta.

Ela deveria pegar o telefone. Ligar para seus contatos locais. Fazer perguntas, cruzar informações, fazer as fontes falarem. Ela teria de ter vontade, acreditar no trabalho bem-feito, no rigor jornalístico sobre o qual Cyril martela tanto em seus ouvidos, justo ele, que é capaz de vender a alma por uma boa tiragem. Ela deveria almoçar na sua mesa, com os fones nos ouvidos, as mãos no teclado sujo de migalhas. Beliscar um sanduíche esperando que uma assessora de imprensa cheia de si ligue de volta, exigindo ler sua matéria antes da publicação.

Adèle não gosta do seu trabalho. Detesta a ideia de ter que trabalhar para viver. Nunca teve outra ambição além de ser olhada. Bem que tentou ser atriz. Ao chegar a Paris, inscreveu-se em alguns cursos, onde se revelou uma aluna medíocre. Os professores diziam que ela tinha belos olhos e certo mistério. "Mas ser ator é saber desistir, senhorita." Ela esperou longamente que o destino se realizasse. Nada aconteceu como ela havia previsto.

Ela teria adorado ser a esposa de um homem rico e ausente. Para grande desgosto das hordas enraivecidas de mulheres ativas que a rodeiam, Adèle teria gostado de se arrastar por uma grande casa, sem outra preocupação além de estar bela quando o marido retornasse. Ela acharia maravilhoso ser paga pelo seu talento de distrair os homens.

Seu marido ganha bem. Desde que entrou no hospital Georges Pompidou, como especialista em gastroenterologia, ele multiplica os plantões e as substituições. Eles viajam de férias com frequência e alugam um apartamento na parte "boa" do 18º *arrondissement*. Adèle é uma mulher mimada, e seu marido se orgulha ao pensar que ela é muito independente. Ela acha que não é o suficiente. Que essa vida é pequena, comezinha, sem nenhuma envergadura. O dinheiro deles cheira a trabalho, a suor e a longas noites passadas no hospital. Tem o gosto das reprimendas e do mau humor. Não os autoriza ao ócio nem à decadência.

Adèle entrou no jornal por indicação. Richard é amigo do filho do diretor de redação e lhe falou dela. Isso não a incomodou. É assim para todo mundo. No começo, ela quis fazer direito. Estava excitada com a ideia de agradar ao chefe, de surpreendê-lo com sua eficiência, com sua capacidade de se virar. Mostrou vivacidade, descaramento, descolou entrevistas que ninguém teria sonhado em fazer na redação. Depois se deu conta de que Cyril era um tipo obtuso, que jamais havia lido um livro e que era até mesmo incapaz de reconhecer seu talento. Ela passou a desprezar seus colegas, que afogavam no álcool as ambições perdidas. Acabou por detestar seu trabalho, aquele escritório, aquela tela, toda aquela exibição idiota. Não suporta mais ligar dez vezes para ministros que a repelem e acabam soltando frases tão vazias quanto o tédio. Tem vergonha de fazer voz melosa para obter favores de alguma assessora de imprensa. Tudo que importa é a liberdade que o ofício de jornalista lhe traz. Ela ganha mal, mas viaja. Pode desaparecer, inventar encontros secretos, sem precisar se justificar.

Adèle não telefona para ninguém. Abre um documento vazio, está pronta para escrever. Inventa citações de fontes anônimas, as melhores que conhece. "Uma fonte próxima ao governo", "um frequentador dos arcanos do poder". Encontra um bom gancho, faz um pouco de humor para distrair o leitor que ainda acredita ter ido ali para obter uma informação. Lê alguns artigos sobre o assunto, resume-os, copia e cola. Isso não leva nem uma hora.

— Tua matéria, Cyril! — grita, vestindo o sobretudo. — Vou almoçar, a gente se fala quando eu voltar.

* * *

A rua está cinza, como que congelada pelo frio. Os rostos dos transeuntes estão tensos, esverdeados. Tudo dá vontade de voltar para casa e dormir. O mendigo na frente da loja Monoprix bebeu mais do que de costume. Ele dorme, deitado sobre uma grade de ventilação. Sua calça está abaixada, veem-se suas costas e suas nádegas cobertas de crostas. Adèle e seus colegas entram em uma *brasserie* com chão sujo e, como sempre, Bertrand diz, um pouco alto:

— A gente tinha prometido não vir mais aqui, o dono é um militante do Front National.

Mas eles vão mesmo assim, por causa da lareira e do bom custo-benefício. Para não se entediar, Adèle puxa conversa. Ela conta coisas à exaustão, reaviva fofocas esquecidas, pergunta a seus colegas sobre os planos para o Natal. O garçom vem tirar os pedidos. Quando lhes pergunta o que querem beber, Adèle propõe vinho. Seus colegas mexem devagar a cabeça, fazem caras sedutoras, fingem não ter dinheiro e que não é razoável.

— Eu pago pra vocês — anuncia Adèle, que está com a conta no vermelho e a quem seus colegas jamais ofereceram nem mesmo um drinque.

Ela não liga. Agora, é ela quem conduz a dança. É ela que oferece e tem a sensação, depois de uma taça de *saint-estèphe*, em meio ao cheiro do fogo à lenha, que eles a amam e que lhe devem algo.

São três e meia da tarde quando eles deixam o restaurante. Estão meio adormecidos pelo vinho, a comida farta e o fogo da lareira, que perfumou seus sobretudos e seus cabelos. Adèle segura o braço de Laurent, cuja mesa fica em frente à sua. Ele é alto, magro e seus falsos dentes baratos lhe dão um ar de cavalo.

Na redação, ninguém trabalha. Os jornalistas estão sonolentos atrás das telas. Pequenos grupos discutem no fundo da sala. Bertrand perturba uma jovem estagiária que teve a imprudência de se vestir como uma aspirante a estrela dos anos 1950. No parapeito das janelas, resfriam-se garrafas de champanhe. Todo mundo espera a hora propícia para se embebedar, longe de suas famílias e de seus verdadeiros amigos. No jornal, a festa de Natal é uma instituição. Um momento de desregramento programado, quando se trata de ir o mais longe possível, de revelar seu verdadeiro eu aos colegas com quem terão, no dia seguinte, relações totalmente profissionais.

Todo mundo ignora na redação, mas, no ano anterior, a festa de Natal atingiu o ápice para Adèle. Em uma noite, ela saciou uma fantasia e perdeu toda a ambição profissional. Na sala de reunião dos redatores-chefes, ela se deitou com Cyril sobre a longa mesa de madeira preta envernizada. Eles beberam muito. Ela passou a noite perto dele, rindo de suas piadas, aproveitando todos os momentos em que estavam sozinhos para lhe lançar olhares tímidos e de uma doçura infinita. Fingiu estar ao mesmo tempo terrivelmente impressionada e terrivelmente atraída por ele. Ele lhe contou o que havia pensado dela da primeira vez que a havia visto:

— Te achei tão frágil, tão tímida e bem-educada...
— Um pouco travada, você quer dizer?
— Sim, talvez.

Ela passou a língua sobre os lábios, bem rápido, como um pequeno lagarto. Ele ficou atordoado. A sala de redação se esvaziou e, enquanto os outros arrumavam os copos e as bitucas espalhados, eles desapareceram rumo à sala de reunião, no andar de cima. Jogaram-se um sobre o outro. Adèle desabotoou a camisa de Cyril, a quem ela achava tão bonito quando era apenas seu chefe e quando lhe era, de alguma forma, proibido. Mas ali, sobre a mesa preta envernizada, ele se revelou gordinho e desajeitado.

— Bebi demais — disse, para se desculpar pela ereção molenga. Ele se encostou à mesa, passou a mão pelos cabelos de Adèle e empurrou sua cabeça entre suas coxas. Com o sexo no fundo da garganta, ela reprimiu a vontade de vomitar e de morder.

Ela o havia desejado, no entanto. Acordava cedo todas as manhãs para se embelezar, para escolher um vestido, na esperança de que Cyril a olhasse ou até fizesse um elogio discreto, em seus dias bons. Terminava seus artigos com antecedência, propunha reportagens no fim do mundo, chegava à sua mesa com soluções, nunca problemas, tudo isso com o único objetivo de agradá-lo.

De que servia trabalhar agora que ela o havia tido?

Esta noite, Adèle se mantém à distância de Cyril. Ela duvida que ele pense nisso, mas a relação deles se tornou muito fria. Ela não suportou as mensagens idiotas que ele lhe enviara nos dias que se seguiram. Deu de ombros quando ele lhe propôs timidamente jantarem uma noite num restaurante.

— Pra quê? Sou casada e você também. Só nos faríamos sofrer, não acha?

Esta noite Adèle não tem a intenção de errar o alvo. Brinca com Bertrand, que a irrita ao detalhar pela enésima vez sua coleção de mangás. Ele está com os olhos vermelhos, talvez tenha acabado de fumar um baseado, e seu hálito está ainda mais seco e ácido que o normal. Adèle faz um bom papel. Finge suportar a documentarista obesa que esta noite se permite um sorriso, e cuja boca só costuma exprimir resmungos e suspiros. Adèle se inflama. O champanhe corre solto graças a um político a quem Cyril dedicou um perfil elogioso na primeira página do jornal. Ela não aguenta mais. Sente-se bonita e detesta a ideia de que sua beleza seja inútil, que sua alegria não sirva para nada.

— Você não vai embora, vai? Vamos sair! Vamos... — implora Laurent, o olhar brilhante e tão entusiasmado que seria cruel lhe recusar qualquer coisa.

— Pessoal, vamos? — pergunta Laurent aos três jornalistas com quem conversa.

Nesta semipenumbra, a janela aberta sobre as nuvens cor de malva, Adèle olha para o homem nu. O rosto enfiado no travesseiro, ele dorme um sono satisfeito. Ele bem que poderia estar morto, como esses insetos que o coito mata.

Adèle sai da cama, as mãos cruzadas sobre os seios nus. Levanta o lençol sobre o corpo adormecido, que se retorce para se esquentar. Ela não lhe perguntou a idade. Sua pele lisa e oleosa, o quartinho para o qual a levou fazem supor que é mais jovem do que alegou. Tem pernas curtas e nádegas de mulher.

A alvorada joga sua luz fria sobre o quarto em desordem. Adèle se veste. Não deveria ter ido embora com ele. No mesmo instante em que a beijou, colando os lábios moles contra os seus, ela soube que havia se enganado. Ele não saberia como preenchê-la. Ela deveria ter fugido. Encontrado uma desculpa para não subir até esta mansarda. Dizer: "Já nos divertimos bastante, não?". Ela deveria ter deixado o bar sem uma palavra, resistido àquelas mãos que a enlaçavam, àquele olhar vidrado, àquele hálito pesado.

Faltou-lhe coragem.

Eles subiram as escadas titubeando. A cada degrau, a magia se diluía, a embriaguez alegre dava lugar à náusea. Ele começou a se despir. Ela sentia seu coração se apertar, sozinha diante da banalidade de um zíper, do prosaísmo de um par de meias, do gesto desajeitado de um jovem beberrão. Ela queria ter dito: "Pare, não fale mais, não estou mais com vontade de nada". Mas ela não podia mais recuar.

Deitada sob seu torso liso, só lhe restava ir rápido, simular, acrescentar gritos para que ele se satisfizesse, se calasse, terminasse. Será que ele percebeu que ela fechava os olhos? Fechava os olhos com raiva, como se vê-lo a enojasse, como se pensasse já nos outros homens, os verdadeiros, os bons, aqueles de outro lugar, aqueles que teriam enfim um efeito sobre seu corpo.

Ela abre delicadamente a porta do apartamento. No pátio do imóvel, acende um cigarro. Mais três baforadas e ligará para seu marido.

— Te acordei?

Ela disse que dormiu na casa de sua amiga Lauren, que mora ao lado do jornal. Pede notícias do filho.

— Sim, a noite foi boa — conclui.

Na frente do espelho manchado do hall do prédio, ela alisa seu rosto e se vê mentindo.

Na rua vazia, ela ouve os próprios passos. Dá um grito quando um homem a empurra ao correr para pegar o ônibus prestes a frear. Ela volta para casa andando, para fazer passar o tempo, para estar certa de se refugiar em um apartamento vazio, onde ninguém a questionará. Ouve música e se funde a uma Paris gelada.

Richard tirou a mesa do café da manhã. As xícaras sujas estão na pia, uma torrada ficou colada num prato. Adèle se senta no sofá de couro. Não tira o sobretudo, aperta a bolsa contra o ventre. Não se mexe mais. O dia só começará quando ela tomar seu banho. Quando lavar sua camisa que cheira a tabaco frio. Quando esconder suas olheiras sob a maquiagem. Neste momento, ela repousa em sua sujeira, suspensa entre dois mundos, dona do tempo presente. O perigo passou. Não há mais nada a temer.

Adèle chega ao jornal, o rosto tenso, a boca seca. Não comeu nada desde a véspera. Precisa engolir alguma coisa para cobrir sua dor e sua náusea. Comprou um *pain au chocolat* seco e frio, na pior padaria do bairro. Dá uma mordida, mas tem dificuldade de mastigar. Gostaria de se enrolar como uma bola e dormir no banheiro. Está com sono e com vergonha.

— E então, Adèle? Não está muito cansada?

Bertrand se inclina sobre sua mesa e lança um olhar cúmplice, ao qual ela não reage. Ela joga o *pain au chocolat* na lixeira. Está com sede.

— Você estava em ótima forma ontem à noite. Não está com dor de cabeça?

— Tudo bem, obrigada. Só preciso de um café.

— Quando você está meio alta, é difícil de te reconhecer. A gente te vê assim, princesinha séria, com tua vidinha ajeitada. Você é uma bela festeira, na verdade.

— Pare.

— Você fez a gente rir muito. E que dançarina!

— Bom, Bertrand, preciso trabalhar.

— Eu também, tenho uma tonelada de coisas pra fazer. Quase não dormi. Estou virado.

— Boa sorte, então.

— Não te vi indo embora ontem à noite. O jovenzinho, você o levou junto? Pegou o nome dele ou é assim mesmo?

— E você, pega o nome das putas que você leva pro quarto quando está numa pauta em Kinshasa?

— Nossa, está bem! Estava brincando. Seu marido não diz nada quando você volta pra casa às quatro da manhã, completamente bêbada? Não te faz perguntas? A minha mulher faria...

— Cale a boca — corta Adèle. O fôlego curto, as bochechas cor de carmim, ela aproxima seu rosto do de Bertrand. — Nunca mais fale do meu marido, ouviu bem?

Bertrand recua, com as palmas para o alto.

Adèle se arrepende de ter sido imprudente. Jamais deveria ter dançado, se mostrado tão disponível. Não deveria ter se sentado no colo de Laurent e contado, com a voz trêmula e completamente embriagada, uma sombria recordação de infância. Eles a viram se atirar no garoto atrás do bar. Viram-na e não a julgam. É bem pior. Agora vão acreditar que uma cumplicidade é possível, que a familiaridade é admitida. Vão querer rir com ela. Os homens vão crer que ela é malandra, lesta, fácil. As mulheres a tratarão como predadora, as mais indulgentes dirão que ela é frágil. Estarão todos enganados.

Sábado, Richard propôs de irem à praia.

— Partiremos cedo, Lucien pode dormir no carro.

Adèle acorda de madrugada para não contrariar o marido, que quer evitar os engarrafamentos. Ela prepara as malas, veste seu filho. O dia é frio, mas luminoso; um dia que acorda os espíritos, que proíbe qualquer letargia. Adèle está alegre. No carro, revigorada pelo orgulhoso sol de inverno, ela até puxa conversa.

Chegam na hora do almoço. Os parisienses ocuparam todas as varandas aquecidas, mas Richard teve a esperteza de fazer uma reserva. O doutor Robinson não deixa nada ao acaso. Não precisa consultar o menu, sabe do que está com vontade. Pede vinho branco, ostras, moluscos. E três linguados *à meunière*.

— Deveríamos fazer isso toda semana! Ar livre pro Lucien, um jantar romântico pra nós, é perfeito, não? Isso me faz tão bem. Depois da semana que tive no hospital... Não te contei, Jean-Pierre, o chefe de serviço, me perguntou se eu queria fazer uma apresentação sobre o caso Meunier. Eu disse que sim, claro. Ele bem que me devia isso. De toda forma, o hospital logo ficará pra trás. Tenho a impressão de nunca ver vocês, o pequeno e você. Me contataram de novo da clínica em Lisieux, estão esperando minha resposta. Agendei uma visita à casa em Vimoutiers. Mamãe foi vê-la, disse que é perfeita.

Adèle bebeu demais. Está com as pálpebras pesadas. Sorri para Richard. Morde as bochechas para impedir-se de interromper sua fala e mudar de assunto. Lucien se agita, começa a ficar entediado. Balança-se sobre a cadeira, agarra uma faca, que Richard lhe tira das mãos, e depois lança sobre a mesa o saleiro destampado.

— Pare, Lucien! — ordena Adèle.

A criança mergulha a mão no prato e esmaga uma cenoura entre os dedos. Ri.

Adèle limpa a mão de seu filho.

— Vamos pedir a conta? Você está vendo, ele não aguenta mais.

Richard se serve de mais uma taça de vinho.

— Você não me disse o que achou da casa. Não vou ficar mais um ano no hospital. Paris não é pra mim. Você também diz que só se aborrece no jornal.

Adèle está com os olhos fixos em Lucien, que enche a boca de água com hortelã e cospe na mesa.

— Richard, fale alguma coisa! — grita Adèle.

— O que você tem? Está louca ou o quê? Todo mundo está olhando pra nós — responde Richard, que a observa, estupefato.

— Desculpe. Estou cansada.

— Você não é capaz nem de aproveitar um bom momento? Você estraga tudo.

— Desculpe — repete Adèle, que começa a limpar a toalha de papel. — O menino está entediado. Precisa gastar energia, só isso. Precisa de um irmãozinho ou irmãzinha e de um grande jardim pra brincar.

Richard sorri, conciliador.

— O que achou do anúncio? Você gostou da casa, não? Pensei em você logo que a vi. Quero que a gente mude de vida. Quero que a gente tenha um cacete de vida, entende?

Richard coloca o filho no colo e acaricia seus cabelos. Lucien se parece com o pai. Os mesmos cabelos loiros e finos, a mesma boca em forma de losango. Os dois riem muito. Richard é louco pelo filho. Às vezes, Adèle se pergunta se eles precisam mesmo dela. Se eles não poderiam viver felizes, só os dois.

Ela olha para eles e entende que agora sua vida será sempre a mesma. Cuidará dos filhos, se preocupará com o que eles comem. Passará férias nos lugares que os agradam, tentará distraí-los todos os finais de semana. Como os burgueses do mundo inteiro, irá buscá-los nas aulas de violão, levá-los ao teatro, à escola, irá procurar tudo o que possa "explorar ao máximo seu potencial". Adèle espera que seus filhos não se pareçam com ela.

Eles chegam ao hotel e se instalam em um quarto estreito, em forma de cabine de barco. Adèle não gosta do lugar. Tem a impressão de que as paredes se mexem e se aproximam, como se fossem esmagá-la durante o sono. Mas está com vontade de dormir. Fecha as venezianas escondendo esse lindo dia que deve ser aproveitado, acomoda Lucien em sua cama para a soneca e se deita. Acaba de fechar os olhos quando ouve o filho chamá-la. Ela não se mexe. Tem mais paciência que ele, que vai acabar cedendo. Ele dá golpes na porta, ela adivinha que ele entrou no banheiro. Ele abre a torneira.

— Leve-o pra brincar. A gente só tem um dia aqui, coitado. Eu acabei de fazer dois dias de plantão.

Adèle se levanta, veste Lucien e o acompanha a um parquinho, na extensão da praia. Ele sobe e desce pelas estruturas coloridas. Escorrega sem descanso no escorregador. Adèle teme que ele caia do alto da plataforma sobre a qual as crianças se empurram e faz a volta, para pegá-lo.

— Vamos voltar, Lucien?

— Não, mamãe, agora não — ordena seu filho.

A pracinha é minúscula. Lucien arranca um carro de um garotinho, que começa a chorar.

— Devolva o brinquedo a ele. Venha, vamos encontrar o papai no hotel — implora ela, puxando-o pelo braço.

— Não! — grita o filho, que corre para um balanço e quase arrebenta a mandíbula.

Adèle se acomoda em um banco, depois se levanta.

— E se a gente fosse até a praia? — propõe ela. Ele não vai se machucar na areia.

Adèle se senta na praia gelada. Coloca Lucien entre as pernas e começa a cavar um buraco.

— A gente vai cavar tão fundo que vai encontrar água, você vai ver.

— Quero ver a água! — entusiasma-se Lucien, que lhe escapa depois de alguns minutos e começa a correr em direção às grandes poças que a maré baixa formou ao se retirar. A criança cai na areia, se levanta e salta na lama.

— Lucien, volte! — grita Adèle com uma voz estridente.

A criança se volta e olha para ela, rindo. Senta-se na poça e mergulha os braços na água. Adèle não se levanta. Está furiosa. Ele vai ficar ensopado em pleno mês de dezembro. Vai pegar uma friagem e ela vai ter de cuidar dele ainda mais do que já cuida. Está com raiva dele por ser tão estúpido, tão inconsciente, tão egoísta. Pensa em se levantar, em levá-lo à força ao hotel, onde pedirá a Richard que lhe dê um banho quente. Ela não se mexe. Não quer levá-lo no colo, ele, que ficou tão pesado e cujas pernas musculosas lhe dão chutes violentos quando se debate.

— Lucien, volte imediatamente! — grita, sob o olhar de uma senhora petrificada.

Uma mulher loira despenteada, vestida de short, apesar da estação, dá a mão a Lucien e o leva até sua mãe. O jeans do filho está arregaçado sobre os joelhos roliços, ele está sorridente e confuso.

— Acho que este pequeno está com vontade de tomar um banho de mar.

— Obrigada — responde Adèle, humilhada e nervosa. Ela queria se estender sobre a areia, puxar o sobretudo por cima do rosto e desistir de ir embora. Não tem nem mesmo forças para gritar com a criança, que tirita e olha para ela, sorrindo.

Lucien é um peso, uma restrição com a qual ela tem dificuldade de se acomodar. Adèle não consegue saber onde se aninha o amor por seu filho no meio de seus sentimentos confusos: pânico de ter de confiá-lo a alguém, irritação ao vesti-lo, exaustão ao subir uma ladeira com seu carrinho que opõe resistência. O amor está lá, ela não tem dúvida. Um amor rudimentar, vítima do cotidiano. Um amor que não tem tempo para si mesmo.

Adèle fez um filho pela mesma razão que se casou. Para pertencer ao mundo e se proteger de qualquer diferença com os outros. Ao se tornar esposa e mãe, ela se cercou de uma aura de respeitabilidade que ninguém pode lhe tirar. Construiu para si um refúgio para as noites de angústia e um recuo confortável para os dias desregrados.

Ela gostou de estar grávida.

À parte as insônias e as pernas pesadas, uma pequena dor nas costas e as gengivas que sangravam, Adèle teve uma gravidez perfeita. Parou de fumar, não bebeu mais de uma taça de vinho por mês e essa vida saudável a preenchia. Pela primeira vez em sua vida, ela tinha a impressão de estar feliz. Sua barriga pontuda lhe dava uma curva graciosa. Sua pele brilhava e ela até havia deixado crescer os cabelos, que penteava para o lado.

Estava na trigésima sétima semana de gravidez e a posição deitada tinha se tornado muito desconfortável. Aquela noite, ela disse a Richard para sair sem ela.

— Não bebo álcool, está calor. Realmente não sei o que eu faria nessa festa. Vá se divertir e não se preocupe comigo.

Ela deitou. As venezianas ficaram abertas e ela podia ver a multidão andando nas ruas. Acabou se levantando, cansada de perseguir o sono. No banheiro, jogou água gelada no rosto e se observou longamente. Baixava os olhos em direção à barriga, retornava ao rosto.

— Vou voltar a ser um dia aquela que eu era antes?

Tinha a sensação aguda da própria metamorfose. Não poderia dizer se isso a regozijava ou se era concebido como uma nostalgia. Mas ela sabia que alguma coisa morria nela.

Ela havia dito a si mesma que um filho a curaria. Tinha se convencido de que a maternidade era a única saída para seu mal-estar, a única solução para quebrar essa fuga adiante. Jogou-se como um paciente que acaba por aceitar um tratamento indispensável. Havia feito esse filho ou, na verdade, esse filho havia sido feito sem que ela lhe opusesse resistência, na esperança louca de que isso lhe seria benéfico.

Não precisou fazer um teste de gravidez. Soube imediatamente, mas não disse nada a ninguém. Era ciumenta de seu segredo. Sua barriga crescia e ela continuava a negar suavemente a chegada de uma criança. Temia que as pessoas em torno estragassem tudo pela banalidade de suas reações, a vulgaridade de seus gestos, mãos estendidas em direção a seu baixo-ventre para avaliar sua curvatura. Sentia-se sozinha, sobretudo em relação aos homens, mas essa solidão não pesava.

Lucien nasceu. Ela logo voltou a fumar. Voltou a beber quase instantaneamente. A criança contrariava sua preguiça e, pela primeira vez em sua vida, ela se via obrigada a cuidar de alguém que não ela mesma. Amava essa criança. Dedicava-lhe um amor físico intenso e, apesar de tudo, insuficiente. Os dias em casa lhe pareciam intermináveis. Às vezes, ela o deixava chorar em seu quarto e cobria a cabeça com um travesseiro, tentando cair no sono. Ela soluçava diante da cadeirinha alta maculada de alimentos, diante de uma criança triste que não queria comer.

Ela gosta de apertá-lo contra si, nu, antes de colocá-lo no banho. Adora niná-lo e vê-lo cair no sono, bêbado de ternura. Desde que ele deixou o berço por uma cama de criança, ela começou a dormir com ele. Sai do quarto conjugal sem fazer barulho e entra na cama de seu filho, que a acolhe resmungando. Coloca o nariz nos cabelos dele, no seu pescoço, na palma de sua mão, e respira seu cheiro acre. Queria tanto que isso a preenchesse.

A gravidez a estragou. Ela tem a impressão de ter saído dela feia, flácida, envelhecida. Cortou os cabelos curto e parece-lhe que as rugas, agora, roem seu rosto. Aos trinta e cinco anos, Adèle não deixou de ser uma bela mulher. A idade a deixou até mais forte, mais intrigante, mais magistral. Seus traços se endureceram, mas seu olhar desbotado ganhou em potência. É menos histérica, menos elétrica. Os anos de tabaco temperaram a voz aguda da qual seu pai zombava. Sua palidez se tornou intensa e os meandros de suas veias quase poderiam ser desenhados, como um decalque, sobre suas bochechas.

Eles saem do quarto. Richard puxa Adèle pelo braço. Ficam alguns minutos imóveis atrás da porta e escutam os berros de Lucien, que implora que voltem. Com o coração pesado, caminham até o restaurante onde Richard reservou uma mesa. Adèle quis ficar bonita, depois desistiu. Quando voltou da praia, estava com frio. Não teve coragem de tirar a roupa, de colocar o vestido e o par de saltos que trouxe. Afinal, são apenas eles dois.

Na rua, eles caminham rápido, um ao lado do outro. Não se tocam. Beijam-se pouco. Seus corpos não têm nada a dizer um ao outro. Nunca sentiram atração, nem mesmo carinho, um pelo outro, e de certa maneira essa ausência de cumplicidade carnal os tranquiliza. Como se isso provasse que sua união estava acima das contingências do corpo. Como se já tivessem passado pelo luto de algo do qual os outros casais só se desfariam a contragosto, em meio a gritos e lágrimas.

Adèle não se lembra da última vez que fez amor com seu marido. Foi no verão, talvez. Uma tarde. Eles se habituaram a esses tempos mortos, a essas noites que se seguem, desejando-se bons sonhos e virando-se de costas. Mas sempre o incômodo, um amargor, acabam por flutuar sobre eles. Adèle sente então a estranha obrigação de quebrar o ciclo, de retomar o corpo a corpo com ele para poder novamente dispensá-lo. Pensa nisso durante dias como um sacrifício ao qual é preciso consentir.

Esta noite, as condições estão reunidas. Richard tem um olhar guloso e um pouco envergonhado. Tem gestos desajeitados. Diz a Adèle que está linda. Ela propõe pedirem uma boa garrafa de vinho.

Logo na entrada, Richard volta ao assunto interrompido no almoço. Entre duas garfadas, lembra Adèle das promessas que fizeram, há nove anos, quando se casaram. Aproveitar Paris tanto quanto a juventude e os recursos deles permitissem, depois partir para o interior quando chegassem os filhos. Quando Lucien nasceu, Richard lhe concedeu uma prorrogação. Ela disse:

— Daqui a dois anos.

Os dois anos passaram há muito tempo e, desta vez, ele não vai ceder. Ela não repetiu dezenas de vezes que queria sair da redação, se dedicar a outra coisa, talvez à escrita, à sua família? Eles não estavam de acordo sobre o fato de estarem cansados do metrô, do trânsito, da vida cara, da corrida contra o relógio? Diante da indiferença de Adèle, que se cala e quase não toca o prato, Richard não enfraquece. Joga a última carta.

— Eu queria ter um segundo filho. Uma menininha, seria perfeito.

Adèle, cujo apetite foi cortado pelo álcool, está agora com vontade de vomitar. Tem a impressão de que sua barriga está inchada, prestes a explodir. A única coisa que poderia aliviá-la seria se deitar, não fazer mais nenhum gesto e deixar o sono a invadir.

— Você pode terminar meu prato, se quiser. Sou incapaz de engolir uma garfada a mais.

Ela empurra o prato para Richard.

Ele pede um café.

— Você não quer nada, tem certeza?

Ele aceita o licor *armagnac* que o dono insiste em oferecer, e continua a falar de filhos. Adèle está furiosa. A noite lhe parece interminável. Se ele apenas mudasse de assunto...

No caminho para o hotel, Richard está um pouco embriagado. Faz Adèle rir, correndo pela rua. Eles entram em seu quarto na ponta dos pés. Richard paga a *baby-sitter*. Adèle se senta na cama e retira lentamente os sapatos.

Ele não ousaria.

E, no entanto, sim.

Seus gestos não enganam. São sempre os mesmos.

Ele chega por trás.

O beijo no pescoço.

Aquela mão no quadril.

E depois aquele murmúrio, aquele gemido, acompanhado de um sorriso suplicante.

Ela se volta, abre a boca, na qual a língua de seu marido se enfia.

Sem preliminares.

Vamos acabar logo com isso, pensa ela, se despindo, sozinha, do seu lado da cama.

Eles recomeçam. Um contra o outro. Não parar de se beijar, fazer como se fosse verdade. Pôr a mão na sua cintura, em seu sexo. Ele a penetra. Ela fecha os olhos.

Ela não sabe o que dá prazer a Richard. O que lhe faz bem. Nunca soube. Seus abraços ignoram qualquer sutileza. Os anos não trouxeram mais cumplicidade, não amainaram o pudor. Os gestos são precisos, mecânicos. Direto ao ponto. Ela não ousa perder seu tempo. Não ousa perguntar. Como se a frustração arriscasse ser tão violenta que ela poderia estrangulá-lo.

Ela não faz barulho. Teria horror a acordar Lucien, a ele os surpreender nessa situação grotesca. Ela cola sua boca contra a orelha de Richard, geme um pouco para ficar com a consciência tranquila.

Já acabou.

Ele se veste no mesmo minuto. Recompõe-se imediatamente. Liga a televisão.

Nunca pareceu se preocupar com a solidão na qual abandona sua mulher. Ela não sentiu nada, nada. Só ouviu barulhos de ventosa, de torsos que se colam, de sexos que se cruzam.

E, depois, um grande silêncio.

As amigas de Adèle são bonitas. Ela tem a sabedoria de não se cercar de moças menos bonitas do que ela. Não quer se preocupar por chamar atenção. Encontrou Lauren em uma viagem de imprensa pela África. Adèle acabara de entrar no jornal e era a primeira vez que acompanhava um ministro em uma viagem oficial. Estava nervosa. Na pista de Villacoublay, onde um avião da República francesa os esperava, ela logo notou Lauren, seu um metro e oitenta, seus cabelos brancos e macios, seu rosto de gato egípcio. Lauren era já uma fotógrafa aguerrida, uma especialista na África, que havia pilhado todas as cidades do continente e que vivia sozinha, em um *studio*, em Paris.

No avião, estavam em sete. O ministro, um sujeito sem muito poder, mas cujos casos de corrupção, reviravoltas múltiplas e escapadas sexuais foram suficientes para torná-lo um personagem importante. Um conselheiro técnico, gozador, talvez alcoólatra, sempre pronto para contar uma anedota obscena. Um guarda-costas discreto, uma assessora de imprensa loira demais e tagarela demais. Um jornalista magro e feio, grande fumante, rigoroso, que havia ganhado vários prêmios no jornal onde trabalhava e no qual fazia com regularidade as matérias de primeira página.

Na primeira noite, em Bamako, ela dormiu com o guarda-costas, que, embriagado e exaltado pelo desejo de Adèle, começou a dançar com o torso nu na boate do hotel, sua Beretta presa na cintura da calça. Na segunda noite, em Dakar, ela chupou o conselheiro do embaixador da França no banheiro, sumindo de um coquetel tediosíssimo, onde expatriados franceses beatos puxavam o saco do ministro e engoliam *petits-fours*.

Na terceira noite, no terraço do hotel à beira do mar de Praia, ela pediu uma caipirinha e começou a gracejar com o ministro. Estava prestes a propor um banho de mar noturno quando Lauren se sentou ao seu lado.

— Amanhã vamos fazer belas fotos, você quer ir? Poderia ajudar na tua matéria. Você já começou a escrever? Escolheu um ângulo?

Quando Lauren se propôs a acompanhá-la até seu quarto para mostrar-lhe algumas fotos, Adèle pensou que elas iam dormir juntas. Disse a si mesma que não queria fazer o papel de homem, que não lamberia seu sexo, que somente se deixaria levar.

Os seios. Ela poderia tocar seus seios, eles pareciam tenros e macios, pareciam doces, seus seios. Não teria escrúpulos em experimentá-los. Mas Lauren não se despiu. Nem mostrou suas fotos. Deitou-se na cama e falou. Adèle deitou ao seu lado e Lauren começou a acariciar seus cabelos. Com a cabeça no ombro daquela que começava a se tornar sua amiga, Adèle se sentiu esgotada, totalmente vazia. Antes de dormir, teve a intuição de que Lauren acabara de salvá-la de uma grande desgraça e dedicou-lhe uma imensa gratidão.

* * *

Esta noite, Adèle espera no boulevard Beaumarchais, em frente à galeria onde estão expostas fotos de sua amiga. Ela preveniu Lauren:

— Não vou entrar antes de você chegar.

Ela se forçou a vir. Gostaria de ter ficado em casa, mas sabe que Lauren está brava com ela. Há semanas que não se veem. Adèle cancelou jantares no último minuto, encontrou desculpas para não ir tomar um drinque. Sente-se ainda mais culpada por ter pedido várias vezes que a amiga a cobrisse. Enviou mensagens no meio da noite para avisá-la:

— Se Richard te ligar, não atenda. Ele acha que estou com você.

Lauren nunca respondeu, mas Adèle sabe que esse papel acabou por exasperá-la.

Na verdade, Adèle a evita. Da última vez que se encontraram, no aniversário de Lauren, ela havia decidido, no entanto, se segurar, ser uma amiga perfeita e generosa. Ajudou-a a preparar a festa. Cuidou da música e até comprou garrafas daquele champanhe que Lauren adora. À meia-noite, Richard deixou o apartamento, desculpando-se.

— Alguém precisa se mexer pra liberar a *baby-sitter*.

Adèle estava entediada. Passava de cômodo para cômodo, largando uma pessoa no meio de uma frase, incapaz de prestar atenção em qualquer coisa. Começou a gracejar com um homem de terno elegante e pediu-lhe, com os olhos brilhantes, que servisse um copo para ela. Ele hesitou. Olhava em torno com nervosismo. Ela só entendeu seu embaraço quando a mulher dele chegou, furiosa, vulgar. Atacou Adèle:

— Tudo bem? Fica na sua, tá? Ele é casado.

Adèle caiu num riso zombeteiro e replicou:

— Mas eu também sou casada. Não há nenhuma razão pra se preocupar.

Ela se afastou, trêmula, gelada. Tentava mascarar com um sorriso a perturbação na qual aquela mulher rude a havia mergulhado.

Refugiou-se na varanda, onde Matthieu fumava um cigarro. Matthieu, o grande amor de Lauren, o amante que a enche de ilusões há dez anos, com quem ela ainda acha que vai se casar e ter filhos. Adèle contou-lhe o incidente com a mulher ciumenta e ele disse que entendia por que alguém poderia desconfiar dela. Não pararam mais de trocar olhares. Às duas da manhã, ajudou-a a vestir seu sobretudo. Ofereceu-se para levá-la de carro e Lauren disse, um pouco decepcionada:

— É verdade, vocês são vizinhos.

Alguns metros depois, Matthieu estacionou em uma rua adjacente ao boulevard Montparnasse e despiu-a.

— Sempre tive vontade.

Segurou os quadris de Adèle e pôs a boca em seu sexo.

No dia seguinte, Lauren ligou para ela. Perguntou se Matthieu tinha falado dela, se tinha dito por que não quis passar a noite na casa dela. Adèle respondeu:

— Ele só falou de você. Você sabe que ele é obcecado por você.

Um dilúvio de casacos de *nylon* resvala da estação de metrô Saint-Sébastien-Froissart. Gorros cinza, cabeças baixas, pacotes que balançam nas mãos de mulheres na idade de serem avós. Nas árvores, as bolas de diversos tamanhos e cores parecem morrer de frio. Lauren agita os braços. Está com um longo sobretudo de caxemira, macio e quente.

— Venha, tenho um monte de gente pra te apresentar. — diz, arrastando Adèle pela mão.

A galeria comporta duas salas contíguas, bem pequenas, entre as quais foi disposto um bufê no último momento, composto de copos de plástico, chips e amendoins em pratos de papel. A exposição é dedicada à África. Adèle mal para diante das fotos de trens lotados, de cidades sufocadas pela poeira, de crianças risonhas e velhos cheios de dignidade. Gosta das fotos de Lauren feitas nos mangues de Abidjan e de Libreville. Veem-se casais enlaçados e suados, bêbados de dança e de cerveja de banana. Homens em mangas de camisa, cáqui ou amarelo-pálido, seguram a mão de moças voluptuosas, com cabelos longos trançados.

Lauren está ocupada. Adèle bebe duas taças de champanhe. Tem a impressão de que todos veem que está sozinha. Tira o celular do bolso, finge enviar uma mensagem. Quando Lauren a chama, mexe a cabeça e mostra o cigarro entre as mãos enluvadas. Não está com vontade de responder às pessoas que perguntam o que ela faz da vida. Adèle se entedia de antemão ao pensar naqueles artistas sem grana, naqueles jornalistas disfarçados de pobres, naqueles blogueiros que têm opinião sobre tudo. Conversar lhe parece insustentável. Estar simplesmente ali, desperdiçar a noite, perder-se em banalidades. Voltar para casa.

Lá fora, um vento glacial, molhado, queima seu rosto. Talvez seja por isso que eles estejam apenas em dois fumando seus cigarros na calçada. O fumante é baixo, mas tem ombros reconfortantes. Seus olhos cinza e estreitos pousam sobre Adèle. Ela o fixa com segurança, sem baixar os olhos. Adèle engole um fundo de champanhe que seca sua língua. Eles bebem e conversam. Banalidades, sorrisos entendidos, insinuações fáceis. A mais bela das conversas. Ele lhe faz elogios, ela ri docemente. Ele pergunta seu nome, ela se recusa a dizer, e essa exibição amorosa, doce e banal, lhe dá vontade de viver.

Tudo o que eles dizem serve somente a uma coisa: chegar lá. Lá, nessa pequena ruela onde Adèle está colada a uma lixeira verde. Ele rasgou sua meia-calça. Ela dá pequenos gemidos, joga a cabeça para trás. Ele introduz seus dedos nela, põe o polegar sobre seu clitóris. Ela fecha os olhos para não cruzar o olhar com o dos passantes. Ela agarra o punho do homem, fino e macio, e o enfia dentro dela. Ele começa a gemer também, abandonando-se ao desejo inesperado de uma mulher desconhecida, uma quinta-feira à noite de dezembro. Exaltado, ele quer mais. Morde seu pescoço, puxa-a em sua direção, põe a mão na cintura de sua calça e começa a abrir a braguilha. Está descabelado, seus olhos estão agora dilatados, tem um olhar de faminto, como nas fotos da galeria.

Ela recua, alisa a saia. Passa uma mão nos cabelos e se recompõe. Ele diz que não mora longe, não mesmo, "perto da rue de Rivoli". Ela não pode.

— Já está bom assim.

Adèle volta para a galeria. Teme que Lauren tenha ido embora, teme ter de voltar sozinha para casa. Ela nota o sobretudo branco.

— Ah, você está aí.

— Lauren, acompanhe-me até minha casa. Você sabe que tenho medo. Você caminha sozinha à noite. Não tem medo de nada.

— Vai, anda. Me dá teu cigarro.

Elas caminham, coladas uma à outra, no boulevard Beaumarchais.

— Por que você não foi com ele?

— Preciso voltar pra casa. Richard está me esperando, eu disse que não ia demorar. Não, não quero ir por ali — diz, bruscamente, quando chegam à place de la République. — Tem ratos nos arbustos. Ratos tão grandes quanto cachorrinhos, te garanto.

Elas sobem pelos Grands Boulevards. A noite fica mais escura e Adèle perde a confiança. O álcool a deixa paranoica. Todos os homens olham para ela. Em frente aos vendedores de kebab, três sujeitos lançam um "Olá, garotas!" e ela tem um sobressalto. Bandos saem das boates e do pub irlandês, titubeantes, alegres e um pouco agressivos. Adèle está com medo. Queria estar na cama com Richard. As portas e as janelas fechadas. Ele não permitiria isso. Não deixaria ninguém lhe fazer mal, saberia defendê-la. Ela acelera o passo, puxa Lauren pelo braço. O mais rápido possível, estar em casa, ao lado da cabeceira de Richard, sob seu olhar tranquilo. Amanhã, ela fará o jantar. Arrumará a casa, comprará flores. Beberá vinho com ele e contará sobre o seu dia. Fará planos para o final de semana. Será conciliadora, doce, servil. Dirá sim a tudo.

— Por que você se casou com Richard? — pergunta-lhe Lauren, como se adivinhasse seus pensamentos. — Você estava apaixonada por ele, acreditava nisso? Não consigo entender como uma mulher como você pôde se colocar nessa situação. Você poderia ter mantido sua liberdade, viver sua vida como bem quisesse, sem todas essas mentiras. Isso me parece... aberrante.

Adèle olha para Lauren com espanto. É incapaz de compreender o que sua amiga lhe diz.

— Eu me casei com ele porque ele pediu. Foi o primeiro e o último até hoje. Tinha coisas a me oferecer. E, depois, minha mãe ficou tão contente. Um médico, você percebe?

— Você está falando sério?

— Não vejo por que eu deveria ficar sozinha.

— Ser independente não é estar sozinha.

— Como você, é isso?

— Adèle, eu não te via há semanas e você não deve ter ficado nem cinco minutos comigo. Sou só um álibi. Você está fazendo bobagens.

— Não preciso de álibi... Se você não quer me ajudar, vou achar uma solução.

— Você não pode continuar assim. Vai ser pega. E já cansei de olhar o pobre Richard nos olhos e desfilar um monte de mentiras.

— Um táxi! — Adèle corre pela calçada e para o carro. — Obrigada por ter caminhado comigo. Te ligo.

Adèle entra no hall de seu prédio. Senta-se sobre as escadas, tira um par de meias-calças novas e as veste. Limpa o rosto, o pescoço e as mãos com lenços umedecidos para crianças. Penteia-se. Sobe.

A sala está mergulhada na escuridão. Está grata a Richard por não a ter esperado. Tira o sobretudo e abre a porta do quarto.

— Adèle, é você?

— Sim, volte a dormir.

Richard se vira. Estende a mão para o vazio, tenta tocá-la.

— Já venho.

Ele não fechou as venezianas e, quando deita na cama, Adèle consegue ver o rosto apaziguado de seu marido. Ele confia nela. É tão simples e tão brutal assim. Se ele acordasse, veria nela os vestígios que esta noite deixou? Se abrisse os olhos, se se aproximasse dela, sentiria um cheiro suspeito, acharia que está com cara de culpada? Adèle tem raiva da ingenuidade dele, que a persegue, faz pesar mais seu erro e a torna ainda mais desprezível. Ela queria arranhar esse rosto liso e tenro, despedaçar esse estrado reconfortante.

Ela o ama, no entanto. Só tem ele no mundo.

Adèle se convence de que era a sua última chance. Que não será acometida de novo. Que dormirá agora nessa cama com a consciência tranquila. Ele poderá olhar bem para ela e não haverá nada para ver.

Adèle dormiu bem. Com a coberta até o queixo, conta a Richard que sonhou com o mar. Não o mar de sua infância, esverdeado e velho, mas o mar, o verdadeiro, o das lagoas, das *calanques** e dos pinheiros. Ela estava deitada sobre uma superfície dura e quente. Um rochedo, talvez. Estava sozinha e, com precaução, com pudor, tirava o sutiã. Os olhos semicerrados, virava-se para a vastidão e milhares de estrelas, reflexos do sol sobre a água, impediam-na de abrir as pálpebras.

— E, nesse sonho, eu dizia a mim mesma: lembre-se desse dia. Lembre-se de como você estava feliz.

Ela ouve os passos do filho no assoalho. A porta do quarto se abre lentamente e aparece o rosto redondo e inchado de Lucien.

— Mamãe — geme, coçando os olhos. Sobe na cama e ele, normalmente tão resistente às carícias, tão brutal, põe a cabeça sobre o ombro de Adèle.

— Você dormiu bem, meu amor? — pergunta ela carinhosamente, com uma precaução infinita, como se temesse que o menor ato desajeitado quebrasse esse momento de graça.

---

* Enseadas rochosas da costa mediterrânea. (N.T.)

— Sim, eu dormi bem.

Ela se levanta com a criança no colo, e se dirige à cozinha. Está exaltada, como são os impostores ainda não desmascarados. Cheia de gratidão por ser amada e paralisada pela ideia de perder tudo. Nada, nesse momento, parece-lhe mais precioso que o barulho reconfortante do barbeador elétrico ao fundo do corredor. Nada parece valer a pena arriscar as manhãs com o filho nos braços, esse carinho, essa necessidade que ele tem dela e que ninguém mais terá. Ela prepara crepes. Troca rapidamente a toalha que deixou sobre a mesa há uma semana, apesar da mancha amarela no centro. Faz um café para Richard e senta-se ao lado de Lucien. Olha-o morder o crepe, chupar os dedos cheios de geleia.

Esperando seu marido sair do banheiro, ela desdobra um papel e começa uma lista. Coisas a fazer, a recuperar, sobretudo. Ela tem as ideias claras. Vai limpar o cotidiano, livrar-se, uma por uma, de suas angústias. Vai cumprir seu dever.

Quando chega ao jornal, a redação está quase vazia. Só há Clémence, que de toda forma parece morar ali. Aliás, ela está sempre com a mesma roupa. Adèle serve-se um café e arruma sua mesa. Joga fora os pacotes de artigos que já publicou, os convites a eventos que já aconteceram. Organiza, em pequenas pastas verdes e azuis, os documentos que lhe parecem interessantes, mas que certamente ela nunca mais vai consultar. Com o espírito claro, a consciência apaziguada, ela começa a trabalhar. Conta "um, dois, três" para vencer sua repugnância a ligar para as pessoas e começa a telefonar.

— Ligue de novo mais tarde.

— Ah, não, pra esse tipo de pedido é preciso enviar um e-mail.

— O quê? Qual jornal? Não, não tenho nada a dizer.

Ela esbarra em obstáculos e os enfrenta bravamente. Volta ao combate todas as vezes, refaz as questões que se recusam a responder. Ela insiste. Quando não consegue mais escrever, caminha pelo longo corredor que leva a um pequeno pátio interno. Sai para fumar um cigarro, as anotações na mão, e repete em voz alta o lide e o final.

Às dezesseis horas, o artigo está terminado. Ela fumou demais. Não está satisfeita. Na redação, todos se animam. Cyril está exaltado.

— Nunca aconteceu algo assim na Tunísia. Estou te dizendo, a coisa vai ficar feia. Essa história vai acabar em sangue.

Ela está pronta para enviar sua matéria ao redator-chefe quando seu telefone começa a vibrar. O telefone branco. Ela o procura no fundo da bolsa. Abre-o.

"Adèle, não consigo parar de pensar em você, naquela noite mágica. A gente precisa se rever. Estarei em Paris na semana que vem, poderíamos tomar um drinque ou jantar, como você quiser. Não pode acabar por aqui. Nicolas."

Ela apaga imediatamente a mensagem. Está furiosa. Encontrou esse sujeito em um colóquio em Madrid, há um mês. Ninguém estava com vontade de trabalhar. Os jornalistas só pensavam em aproveitar o álcool gratuito e os quartos de hotel de luxo pagos por um *think-tank* com financiamentos obscuros. Ela foi com Nicolas para o quarto dele, por volta das três da manhã. Ele tinha um nariz arqueado e lindos cabelos. Eles fizeram amor, de forma tola. Ele não parava de beliscá-la, de mordê-la. Ela não lhe pediu para pôr um preservativo. Estava embriagada, é verdade, mas deixou-o sodomizá-la sem preservativo.

Na manhã seguinte, no hall do hotel, ela se mostrou glacial. Não disse uma palavra no carro que os levou ao aeroporto. Ele parecia surpreso, desnorteado. Não pareceu entender que a enojava.

Ela lhe deu seu número. Sem saber por quê, deu a ele o número do telefone branco, que normalmente reserva aos que deseja rever. De repente, ela se lembra de que lhe disse onde morava. Falaram de seu bairro e ele precisou:

— Adoro o 18º *arrondissement*.

Adèle não está com vontade de ir ao jantar. Está com dificuldade de escolher sua roupa, o que é um prenúncio de uma noite ruim. Seus cabelos estão sem vida, a pele mais pálida do que nunca. Ela se fecha no banheiro e responde preguiçosamente quando Richard a apressa. Atrás da porta, ela ouve-o falar com a *baby-sitter*. Lucien já está dormindo.

Adèle acabou se vestindo de preto. É uma cor que jamais usava quando era mais jovem. Seu guarda-roupa era extravagante, ia do vermelho ao laranja vivo, das saias amarelo-limão aos escarpins azuis-elétricos. Desde que murchou e seu brilho parece ter sumido, ela prefere os tons sóbrios. Coloca grandes joias sobre suas malhas cinza e suas golas altas pretas.

Esta noite, ela escolheu uma calça masculina e uma malha cavada nas costas. Ela sublinha seus olhos verdes, da cor de um riacho japonês, com um traço de lápis turquesa. Passou batom, mas depois o tirou. Ficou com um vestígio avermelhado em torno da boca, como se alguém a tivesse beijado gulosamente. Pela porta, ela escuta Richard, que pergunta gentilmente:

— Você vai ficar pronta logo?

Ela sabe que ele está sorrindo para a *baby-sitter* como quem diz "ah, essas mulheres são caprichosas". Adèle está pronta, mas quer que ele espere. Estende uma toalha no chão do banheiro e deita. Fecha os olhos e cantarola uma música.

Richard fala sem parar de Xavier Rançon, o homem que os convidou para o jantar. Xavier é um cirurgião brilhante, descendente de uma longa linhagem de pesquisadores e médicos renomados.

— Um sujeito com uma ética — Richard insistiu em precisar.

E Adèle respondeu, para o agradar:

— Ficaria encantada em conhecê-lo.

O táxi os deixa em frente ao portão de uma via privada.

— Que chique! — entusiasma-se Richard.

Adèle também acha o lugar magnífico, mas prefere se estrangular a parecer se impressionar. Dá de ombros. Eles empurram o portão e seguem pelo pequeno caminho pavimentado até a porta de uma vila estreita, em três níveis. A arquitetura *art déco* foi preservada, mas os novos proprietários acrescentaram um andar sobre o qual instalaram um grande terraço arborizado.

Adèle sorri timidamente. O homem que os acolhe se inclina em sua direção. É atarracado e veste uma camisa branca justa demais, dentro do jeans.

— Boa noite, Xavier.

— Boa noite. Sophie — apresenta-se a dona da casa.

Adèle oferece a face, em silêncio.

— Não ouvi seu nome — desculpa-se Sophie, com uma voz de professora de ensino infantil.

— Adèle.

— É minha esposa. Boa noite — diz Richard.

Eles sobem as escadas de madeira clara e penetram em um imenso salão, mobiliado com dois sofás cinzentos e uma mesa dinamarquesa dos anos 1950. Tudo é oval e bem cuidado. Uma imensa fotografia em branco e preto, representando um teatro cubano fora de uso, enfeita a parede do fundo. Sobre uma prateleira, uma vela espalha um perfume reconfortante de butique de luxo.

Richard se junta aos homens, que se sentaram atrás do bar. Falam alto, riem de piadas gastas. Esfregam as mãos ao ver Xavier servindo-lhes copos de uísque japonês.

— Querem uma taça? — propõe Sophie às mulheres à sua volta.

Adèle oferece seu copo. Olha para o lado dos homens e procura uma porta de saída para juntar-se a eles e fugir do grupo de peruas no qual se encontra. Essas mulheres não são nada. Ela não teria nem mesmo prazer em impressioná-las. Definha por estar lá, escutando-as.

— Então eu disse a Xavier, escute, querido, se quisermos esse andar a mais, precisamos fazê-lo! É certo, foram três meses de reforma, mas hoje o resultado é que temos um salão-catedral em uma vila em plena Paris... A reforma? Um horror! É um trabalho de tempo integral. Felizmente eu não trabalhava. Ao mesmo tempo, estamos tão felizes de ter comprado... Que ideia desperdiçar milhares de euros em aluguel... Aqui? Uns dez mil, onze mil por metro quadrado. Apavorante.

— O quê? As crianças? Oh, estão dormindo há muito tempo! Somos um pouco rígidos com os horários, então eles não esperaram por vocês. Mas adoraria que os vissem, cresceram tanto... Marie-Lou faz violino e Arsène está começando a diversificação alimentar. Encontramos uma moça incrível pra cuidar deles. Uma africana, muito simpática. Fala bem francês... Sim, tem os documentos. Se fosse ilegal, não me incomodaria pra faxina ou pra pequenos trabalhos, mas, pros meus filhos, jamais. Seria irresponsável, não? A única coisa é que ela faz o ramadã e isso eu não consigo entender. Não dá pra cuidar de crianças estando de barriga vazia... Não, você tem razão, não é razoável. Mas acho que ela vai perceber e parar por conta própria. E você, Adèle, o que faz?

— Sou jornalista.

— Oh! Deve ser interessante! — exclama Sophie, servindo mais uma taça a Adèle. Ela a encara, sorrindo, como se olha uma criança tímida que hesita em falar.

— Bom, vamos pra mesa.

Adèle enche sua taça de vinho mais uma vez. Xavier, que a colocou à sua direita, pega a garrafa de suas mãos e se desculpa por não a ter servido. As pessoas riem das brincadeiras de Richard. Ela não o acha engraçado. Não entende como ele possa receber atenção.

De todo modo, ela não os ouve mais. Está sombria, amarga. Esta noite, ela não existe. Ninguém a vê, ninguém a escuta. Nem tenta afastar os flashes que destroem seu espírito, queimam suas pálpebras. Agita a perna sob a mesa. Tem vontade de ficar nua, de que alguém toque seus seios. Gostaria de sentir uma boca contra a sua, apalpar uma presença silenciosa, animal. Aspira somente a ser desejada.

Xavier se levanta. Adèle o segue até o banheiro, no fundo de um corredor estreito. Quando ele sai, ela se coloca no meio do caminho e roça nele até sentir que ele está desconfortável. Ele volta para a sala de jantar sem voltar o rosto. Ela entra no banheiro, fica de pé diante do espelho e mexe os lábios, sorrindo, imitando uma conversa educada consigo mesma. Sua boca está seca e violeta.

Ela volta a se sentar e põe sua mão sobre o joelho de Xavier, que retira sua perna energicamente. Consegue sentir o esforço que ele faz para evitar seu olhar. Ela bebe para ficar ainda mais audaciosa.

— Você tem um menininho, Adèle? — pergunta-lhe Sophie.

— Sim. Ele vai fazer três anos daqui a um mês.

— Adorável! E o segundo, é pra quando?

— Não sei. Provavelmente nunca.

— Oh, não! Um filho único é triste demais. Quando vejo a alegria que é ter um irmão ou irmã, nunca poderia privar meus filhos disso.

— Adèle acha que os filhos tomam tempo demais — diverte-se Richard. — Mas uma vez que estivermos em nossa grande casa, com um jardim, ela só terá uma vontade, a de ver os filhos pulando por aí, não é mesmo, querida? Vamos nos mudar para Lisieux no ano que vem. Tive uma ótima proposta para trabalhar numa clínica!

Ela só pensa nisso. Em ficar sozinha com Xavier, por cinco minutos somente, lá, no fundo do corredor, onde se ouve o eco das conversas da sala. Ela não o acha bonito, nem mesmo sedutor. Não sabe de que cor são seus olhos, mas está certa de que se sentiria aliviada se ele enfiasse a mão sob sua malha e depois sob seu sutiã. Se ele a empurrasse contra a parede, esfregasse seu sexo contra ela, se pudesse sentir que ele a deseja tanto quanto ela o deseja. Eles não poderiam ir mais longe, teria de ser rápido. Ela teria tempo de tocar seu sexo, talvez até de ficar de joelhos para chupá-lo. Eles começariam a rir, voltariam à sala. Não iriam além e seria perfeito.

Sophie é uma mulher sem atrativos, pensa Adèle, fixando o olhar na horrorosa bijuteria que a dona da casa usa em torno do pescoço. Um colar de bolas de plástico azul e amarelo presas por uma tira de seda. É uma mulher trivial, convence-se, uma perua idiota. Adèle se pergunta como esse tipo de mulher, essas mulheres ordinárias, fazem amor. Ela se pergunta se sabem sentir prazer, dá-lo, se dizem "fazer amor" ou "trepar".

No táxi, voltando, Richard está tenso. Adèle sabe que está contrariado. Que ela está embriagada demais e fez um espetáculo. Mas Richard não diz nada. Inclina a cabeça para trás, tira os óculos e fecha os olhos.

— Por que você diz a todo mundo que vamos nos mudar para o interior? Nunca te disse que concordava e você age como se já estivesse certo — provoca Adèle.

— Você não está de acordo?

— Também não disse isso.

— Então não diga nada. De todo modo, você nunca diz nada — constata ele, com uma voz calma. — Você não se pronuncia, então não reclame por eu tomar decisões. E, sinceramente, não sei por que você precisa se comportar assim. Se embriagar, falar com superioridade como se entendesse tudo da vida e como se fôssemos só um bando de ovelhas estúpidas aos teus olhos. Sabe, você é tão ordinária quanto nós, Adèle. O dia em que você aceitar isso, será muito mais feliz.

Na primeira vez que Adèle visitou Paris, ela tinha dez anos. Era o feriado de Toussaint* e Simone havia reservado um quarto em um pequeno hotel no boulevard Haussmann. Nos primeiros dias, deixou Adèle sozinha no quarto. Ela a fez jurar que não abriria a porta a ninguém, sob nenhum pretexto.

— Hotéis são lugares perigosos. Sobretudo pra uma menina.

Adèle teve vontade de lhe dizer: "Não me deixe aqui, então". Mas não disse nada.

No terceiro dia, Adèle deitou sob o espesso edredom da grande cama de hotel e ligou a televisão. Viu o sol se pôr pela pequena janela que dava para um pátio cinza e escuro. A noite havia invadido o quarto e sua mãe ainda não tinha voltado. Adèle tentou dormir, embalada pelos risos e *jingles* de publicidades que desfilavam pela tela. Estava com dor de cabeça. Havia perdido a noção do tempo.

Faminta, não ousou se servir do minibar, que sua mãe havia descrito como uma "armadilha para turistas". Fuçou no fundo de

---

* O Dia de Todos os Santos, 1º de novembro, marca um breve período de férias escolares na França. (N.T.)

sua mochila à procura de uma barra de chocolate ou de um resto de sanduíche de presunto. Encontrou somente duas balas sujas nas quais ficaram grudados pedaços de um lenço de papel.

Estava adormecendo quando bateram na porta. Com insistência. Batidas cada vez mais fortes. Adèle se aproximou da porta, que não tinha olho mágico. Não podia ver quem estava atrás e não ousava abrir.

— Quem está aí? — perguntou, com uma voz trêmula.

Não recebeu resposta. As batidas redobraram em vigor, ela ouvia passos no corredor do hotel. Teve a impressão de perceber um arquejo, longo e rouco, um arquejo raivoso que ia acabar fazendo as dobradiças da porta saltarem.

Teve tanto medo que se escondeu sob a cama, suada, convencida de que os invasores iriam entrar e encontrá-la ali, chorando, o rosto enfiado no carpete bege. Pensou em chamar a polícia, em gritar por socorro, em berrar até que alguém viesse ajudá-la. Mas era incapaz de se mexer, estava meio desmaiada, paralisada de terror.

Quando Simone abriu a porta, em torno das vinte e duas horas, Adèle havia adormecido. Seu pé ficara para fora da cama e Simone segurou seu tornozelo.

— Mas o que você está fazendo aí? Que bobagem resolveu fazer agora?

— Mamãe! Você está aqui! — Adèle se levantou e se jogou nos braços da mãe. — Alguém tentou entrar. Eu me escondi. Tive tanto medo.

Simone segurou seus ombros, examinou-a com atenção e, com uma voz fria, disse:

— Você fez bem em se esconder. Era exatamente isso que precisava fazer.

* * *

Na véspera do retorno, Simone manteve a promessa e levou Adèle para visitar a cidade. Um homem as acompanhava, um homem de cujo nome e cujo rosto Adèle não se lembra. Ela se recorda somente do seu cheiro de almíscar e tabaco e de Simone lhe dizendo, tensa e nervosa:

— Adèle, dê bom-dia ao senhor.

O senhor as levou para almoçar em uma *brasserie* próxima ao boulevard Saint-Michel e deu para Adèle experimentar seu primeiro gole de cerveja. Eles atravessaram o Sena e caminharam até os Grands Boulevards. Adèle se demorava diante das vitrines de brinquedos das passagens Verdeau, Jouffroy e da galeria Vivienne, sem dar ouvidos a Simone, que estava impaciente. Depois, foram a Montmartre.

— A pequena vai gostar — dizia o senhor.

Place Pigalle, pegaram o trem turístico e Adèle, acuada entre sua mãe e o homem, descobriu o Moulin-Rouge com terror.

Dessa visita a Pigalle, ela guarda uma lembrança negra, pavorosa, ao mesmo tempo lúgubre e terrivelmente viva. No boulevard de Clichy, verdade ou não, ela se lembra de ter visto prostitutas, dezenas delas, quase nuas, apesar do chuvisco de novembro. Lembra-se de grupos de punks, de drogados cambaleantes, de cafetões com cabelos cheios de gel, de transexuais com seios pontudos e os sexos moldados pelas saias de leopardo. Protegida pelo sacolejo desse trem, que parecia um brinquedo gigante, encerrada entre sua mãe e o homem, que trocavam olhares lúbricos, Adèle sentiu pela primeira vez aquela mistura de medo e vontade, de nojo e emoção erótica. Esse desejo sujo de saber o que acontecia atrás das portas dos motéis, no fundo dos pátios dos prédios, nas poltronas do cinema Atlas, nas saletas dos fundos dos sex shops cujos néons rosa e azul esburacavam o crepúsculo. Ela nunca reencontrou, nem nos braços dos homens, nem nos passeios que fez anos mais tarde nesse mesmo boulevard, esse sentimento mágico de tocar com os dedos o vil e o obsceno, a perversão burguesa e a miséria humana.

Para Adèle, o recesso de Natal é um túnel escuro e frio, uma punição. Porque é bom e generoso, porque coloca a família acima do resto, Richard prometeu cuidar de tudo. Comprou presentes, fez revisão no carro e, mais uma vez, encontrou um maravilhoso presente para Adèle.

Ela precisa de férias. Está esgotada. Não há um dia em que não notam sua magreza, seu rosto tenso e suas mudanças de humor.

— O ar fresco te fará bem. — Como se em Paris o ar fosse menos fresco que em outro lugar.

Todo ano eles passam o Natal em Caen, na família Robinson, e o ano-novo na casa dos pais de Adèle. Tornou-se uma tradição, como gosta de repetir Richard. Ela bem que tentou convencê-lo de que era inútil ir até Boulogne-sur--Mer para verem seus pais, que de toda forma nem precisavam disso. Mas Richard insiste, por Lucien, "que precisa conhecer seus avós", e para ela também, "porque família é importante".

A casa dos pais de Richard tem cheiro de chá e de sabão de Marselha. Odile, a sogra de Adèle, raramente sai de sua imensa cozinha. Vem às vezes sentar na sala, sorri aos convidados que tomam aperitivo, inicia uma conversa e desaparece de novo.

— Fique, mamãe — reclama Clémence, a irmã de Richard. — Viemos aqui pra te ver, não pra comer — ela gosta de repetir, forrando-se de torradinhas com *foie gras* e biscoitos de canela. Ela sempre oferece ajuda à mãe, jura que vai cuidar da preparação do próximo jantar. E, para grande alívio de Odile, mergulha em uma interminável siesta, frequentemente embriagada demais para reconhecer os ingredientes da entrada.

Os Robinson sabem receber. Richard e Adèle são acolhidos ao som de risadas e estouro de champanhe. Uma imensa árvore de Natal está disposta em um canto da sala. O pinheiro é tão alto que o cimo encosta no teto e se entorta, dando a impressão de que vai desmoronar de um instante para outro.

— Essa árvore é ridícula, não? — ri Odile. — Eu disse a Henri que era grande demais, mas ele não abriu mão.

Henri dá de ombros e afasta as mãos, em um gesto de impotência.

— Estou ficando velho...

Ele mergulha seu olhar azul nos olhos de Adèle, em sinal de reconhecimento, como se eles fossem feitos da mesma liga, como se pertencessem à mesma tribo. Ela se inclina em sua direção e o beija, respirando fundo seu cheiro de vetiver e de espuma de barbear.

— À mesa!

Os Robinson comem, e, quando comem, falam de comida. Trocam receitas, endereços de restaurantes. Antes da refeição, Henri vai buscar na adega garrafas de vinho que são acolhidas com grandes "Ah!" de excitação. Todo mundo o olha enquanto abre a prometida, versa o néctar em um recipiente e comenta sua cor. Faz-se silêncio. Henri serve um pouco de vinho em uma taça, aprecia o odor. Experimenta.

— Ah, meus filhos...

No café da manhã, quando as crianças comem no colo dos pais, Odile assume um ar de gravidade.

— Agora, vocês precisam me dizer. O que querem comer no almoço? — articula ela, lentamente.

— O que você quiser — costumam responder Clémence e Richard, habituados em lidar com a mãe.

Durante o almoço, enquanto Henri abre a terceira garrafa daquele vinhozinho espanhol "que cai bem", os lábios ainda gordurosos de *terrines* e de queijos que se seguiram, Odile se levanta e, com o caderno na mão, se lamenta.

— Estou sem nenhuma inspiração pro jantar de hoje à noite. Vocês estão com vontade de quê?

Ninguém responde, ou responde preguiçosamente. Tonto, inebriado por uma furiosa vontade de fazer uma siesta, Henri às vezes acaba se irritando.

— A gente nem acabou de comer e você já está enchendo o saco!

Odile se cala e faz careta, como uma menininha.

Esse manejo faz Adèle rir tanto quanto a irrita. Ela não compreende esse hedonismo de bom-tom, essa obsessão, que parece ter tomado conta de todos, por "beber bem" e "comer bem". Ela sempre gostou de ficar com fome. Sentir-se enfraquecer, perturbar-se, ouvir seu ventre se esvaziando e, depois, vencer, não ter mais vontade, estar acima disso. Ela cultivou a magreza como uma arte de viver.

Esta noite, mais uma vez, o jantar dura uma eternidade. Ninguém percebeu que Adèle mal comeu. Odile não insiste mais em lhe servir. Richard está um pouco embriagado. Fala de política com Henri. Eles se chamam de fascistas, reacionários burgueses. Laurent tem vontade de entrar na conversa.

— Mas ainda assim...

— Porém — corta Richard. — Não se diz "mas ainda assim", e sim "porém".

Adèle põe a mão sobre o ombro de Laurent, se levanta e sobe para seu quarto.

Odile sempre oferece a eles o quarto amarelo, o maior e mais silencioso. É um cômodo um pouco lúgubre, com um chão gelado. Adèle vai para a cama, esfrega os pés um contra o outro e cai num sono mórbido. Ao longo da noite, às vezes tem a impressão de retomar vagarosamente a consciência. Seu espírito está desperto, mas seu corpo tem a rigidez de um cadáver. Ela sente a presença de Richard ao seu lado. Tem a angustiante sensação de que não poderá jamais extirpar essa letargia. Que não acordará desses sonhos profundos demais.

Ela ouve Richard tomando banho. Percebe o tempo que passa. A voz de Lucien, o barulho das panelas, longe, na cozinha de Odile, chegam até ela. É tarde, mas ela não tem forças para se levantar. Só mais cinco minutos, diz a si mesma. Mais cinco minutos e o dia pode começar.

Quando sai do quarto, os olhos inchados e os cabelos molhados, a mesa do café da manhã fora tirada. Richard deixou-lhe uma pequena bandeja na cozinha. Adèle se senta na frente de seu café. Sorri a Odile, que suspira:

— Tenho um daqueles trabalhos hoje, não sei como vou resolvê-lo.

Pela porta de vidro, Adèle olha para o jardim. As grandes macieiras, o chuvisco, as crianças que deslizam pelo escorregador molhado, embrulhadas em seus casacos de *nylon*. Richard brinca com elas. Colocou as botas e faz um sinal para que Adèle se junte a eles. Faz frio demais. Ela não quer sair.

— Você está muito pálida. Está com uma cara péssima — diz Richard, ao entrar. Ele estende as mãos até o rosto dela.

Henri e Clémence insistiram para visitar a casa.

— Eu quero vê-la. Você sabe que eles a chamam de a mansão do pedaço?

Odile quase os empurrou para fora, feliz por ficar sozinha para os preparativos de Natal. Laurent se voluntariou para cuidar das crianças.

Richard está nervoso. Ele repreende Clémence, que entra lentamente no carro. Ele faz seu pai prometer que irá ficar calado durante a visita.

— Eu sou o único a fazer as perguntas, entendeu? Não se meta.

Adèle está sentada atrás, comportada e indiferente. Observa as grandes coxas de Clémence espalhadas pelo assento. Suas mãos com unhas roídas.

Richard se vira constantemente. Mesmo que ela lhe diga para olhar para a frente, é para ela que ele olha, como para tomar nota da impressão que esta estrada vicinal deixa nela. O que ela pensa dessas colinas úmidas, da estrada que sobe, do córrego abaixo? O que ela acha da entrada do vilarejo? Da igreja que, sozinha, sobreviveu aos bombardeios da guerra? Ela se vê andando, dia após dia, no meio dessas encostas repletas de macieiras retorcidas? Nesses vales atravessados por riachos, nesse pequeno caminho que leva até a casa? Ela gosta desse muro arrepiado de hera? Com a cara fechada, quase colada contra a janela, Adèle recusa-se a fazer qualquer comentário. Ela controla até o piscar de seus cílios.

Richard estaciona o carro em frente ao portão de madeira. O senhor Rifoul está esperando por eles, de pé, com as mãos cruzadas nas costas, como um senhorio congelado no tempo. É um verdadeiro gigante, obeso e vermelho. Suas mãos são tão grandes quanto o rosto de uma criança, seus pés parecem prontos para afundar o chão. Seus cabelos, grossos e encaracolados, estão entre o amarelo e o branco. De longe, é impressionante. Mas quando se aproxima para cumprimentá-lo, Adèle nota suas unhas compridas. O botão que falta no meio da sua camisa. Uma mancha suspeita perto da virilha.

O proprietário estende os braços em direção à porta da frente e eles entram na casa. Richard pula como um filhote de cachorro nos degraus da escadaria. Ele pontua com "ah, sim", com "muito bom", a visita à sala de estar, à cozinha e à varanda. Pergunta sobre o aquecimento, o estado das instalações elétricas. Consulta seu caderninho e diz:

— E a impermeabilização?

Entre a sala de estar, com grandes janelas com vista para um charmoso jardim, e a velha cozinha, o senhor Rifoul os faz entrar em um pequeno cômodo mobiliado como um escritório. Ele abre a porta com relutância. O cômodo não está limpo, e no raio de luz que escapa das cortinas azuis paira um grosso bloco de poeira.

— Minha mulher lia muito. Levarei os livros. Mas posso deixar a mesa, se vocês quiserem.

Adèle olha para a cama de hospital colada contra a parede e sobre a qual estão lençóis brancos cuidadosamente dobrados. Um gato se escondeu sob a poltrona.

— No final, ela não podia mais subir.

Eles utilizam a escada de madeira. Em todas as paredes, há fotos da morta, bela e sorridente. No grande quarto, cujas janelas dão para uma castanheira centenária, uma escova está colocada sobre o criado-mudo. O senhor Rifoul se abaixa e, com sua imensa mão, alisa a colcha estampada de flores rosa.

É uma casa para envelhecer, pensa Adèle. Uma casa para corações tenros. É feita para lembranças, para os amigos que passam e para aqueles que partem à deriva. É uma arca, um dispensário, um refúgio, um sarcófago. Uma pechincha para os fantasmas. Um cenário de teatro.

Eles envelheceram tanto assim? Seus sonhos podem parar por aqui?

Já é hora de morrer?

Lá fora, os quatro observam a fachada. Richard vira em direção ao parque e pergunta:

— Até onde vai?

— Longe, bem longe. Todo aquele pomar ali, está vendo? Tudo aquilo é de vocês.

— Você vai poder fazer tortas e compotas pro Lucien! — ri Clémence.

Adèle olha para seus pés. Seus mocassins envernizados estão ensopados pela grama molhada. Não são sapatos para o campo.

— Me dê a chave — pede a Richard.

Ela se senta no carro, tira os sapatos e aquece os pés entre suas mãos.

— Xavier? Como você descobriu meu número?

— Liguei pro seu escritório. Eles disseram que você estava de férias, mas expliquei que era urgente...

Ela deveria responder que estava contente por ter notícias dele, mas que ele não deveria achar que havia alguma coisa. Ela realmente lamenta pelo seu comportamento naquela outra noite, não deveria ter agido assim. Havia bebido muito, estava um pouco triste, não sabe o que deu nela. Não costuma fazer isso. É preciso esquecer, como se nunca tivesse acontecido. Está tão envergonhada. E depois, ela ama Richard, não poderia fazer isso com ele, sobretudo não com ele, Xavier, que ele admira tanto e de quem tem tanto orgulho de ser amigo.

Ela não diz nada disso.

— Estou incomodando? Você pode falar?

— Estou na casa dos meus sogros. Mas posso falar, sim.

— Você está bem? — pergunta ele, com uma voz totalmente diferente.

Ele diz que gostaria de revê-la. Que ela o perturbou a ponto de ele não ter pregado o olho naquela noite. Se ele se mostrou tão frio é porque ficara surpreso com a atitude dela e com seu próprio desejo. Ele tem consciência de que não deveria, tentou resistir à vontade de ligar para ela. Fez de tudo para não pensar mais nela. Mas precisa vê-la.

Do outro lado da linha, Adèle não diz nada. Sorri. Seu silêncio incomoda Xavier, que não para de falar e acaba propondo de encontrá-la para tomar um drinque.

— Onde você quiser. Quando quiser.

— Seria melhor que não nos vissem juntos. Como quer que eu explique a Richard? — Ela se arrepende de ter dito isso. Ele vai entender que ela está acostumada, que essas precauções são parte do seu cotidiano.

Ao contrário, ele toma isso como uma deferência, um desejo selvagem, mas resoluto.

— Tem razão. Quando você voltar? Ligue pra mim, por favor.

Ela escolheu um vestido vinho. Um vestido de renda, com mangas curtas, que permite entrever pedaços de pele da barriga e das coxas. Ela o desdobra lentamente sobre a cama. Arranca a etiqueta e puxa um fio. Deveria ter se dado o trabalho de pegar uma tesoura.

Ela coloca em Lucien a camisa e os pequenos mocassins de couro que a avó comprou para ele. Sentado no chão, o caminhão entre as pernas, seu filho está muito pálido. Faz dois dias que não dorme. Acorda de madrugada, recusa-se a fazer a siesta. Escuta, com os olhos esbugalhados, as promessas das pessoas grandes sobre a noite de Natal. Entretido, depois cansado, ele sofre a chantagem que todos exercem sobre ele. Não é mais enganado pelas ameaças que estimularam sua imaginação. "Se você não se comportar..." Que o Papai Noel passe logo. Que isso acabe.

No alto da escada, segurando a mão do filho, ela sabe que Laurent olha para ela. Enquanto ela desce, ele se põe a falar, a fazer-lhe um elogio por esse vestido provocante, e balbucia algo que ela não ouve. Durante toda a noite, ele a fotografa, tomando como pretexto a obsessão de Clémence pelas lembranças. Ela finge não perceber que ele a escruta, com o olho escondido atrás da câmera. Ele acredita estar apanhando por acaso uma beleza fria e inocente. Mas ele só tem direito a poses sabiamente calculadas.

Odile instala uma poltrona perto da árvore de Natal. Henri enche as taças de champanhe. Clémence corta pequenos pedaços de papel e, este ano, pela primeira vez, é Lucien que designa quem vai receber os presentes. Adèle não está à vontade. Gostaria de se juntar às crianças na sala de jantar e deitar-se no meio dos Legos e dos carrinhos em miniatura. Ela se surpreende rezando para que não tirem seu nome.

Mas o tiram mesmo assim.

— Adèle, ha! — começam a gritar.

Esfregam as mãos, começam uma dança febril em torno da cadeira.

— Você viu o pacote de Adèle? Henri, o pequeno embrulho vermelho, você o viu? — inquieta-se Odile.

Richard não diz nada.

Ele prepara sua jogada, sentado no braço do sofá. Uma vez que Adèle está atolada até o pescoço em echarpes, luvas que não usará nunca, livros de receitas que não abrirá, Richard avança na direção dela. Estende-lhe uma caixa. Clémence lança ao marido um olhar desaprovador.

Adèle rasga o embrulho, e quando aparece, sobre a pequena caixa laranja, o logo da marca Hermès, Odile e Clémence suspiram de satisfação.

— Mas você está louco. Não deveria. — Adèle havia dito isso também no ano anterior.

Ela puxa a fita e abre a caixa. Não entende imediatamente o que é. Uma roda de ouro, ornada de pedras rosa e, por cima, três espigas de trigo em relevo. Ela olha para a joia sem tocá-

-la, sem levantar a cabeça e arriscar-se a cruzar o olhar com o de Richard.

— É um broche — explica ele.

Um broche.

Ela está com muito calor. Transpira.

— É uma beleza — murmura Odile.

— Você gostou, minha querida? É um modelo antigo, tinha certeza de que iria combinar com você. Pensei em você logo que o vi. Acho-o elegante, não?

— Sim, sim. Gostei muito.

— Então experimente! Tire-o da caixa, ao menos. Quer que eu te ajude?

— Ela está emocionada — acrescenta Odile, os dedos grudados no queixo.

Um broche.

Richard tira a joia da caixa e aperta o alfinete, que se levanta.

— Fique de pé, vai ser mais fácil.

Adèle se levanta e, delicadamente, Richard espeta o broche em seu vestido, logo acima do seio esquerdo.

— É claro que não se usa com esse tipo de vestido, mas é bonito, não?

Não, é claro que não combina com esse tipo de vestido.

Ela precisaria pegar emprestado um tailleur de Odile e um lenço também. Precisaria deixar o cabelo crescer e penteá-lo em um coque, usar escarpins de salto quadrado.

— Lindo, meu querido. Meu filho tem muito bom gosto — regozija-se Odile.

Adèle não acompanha os Robinson à missa do galo. Está queimando de febre e adormece com o vestido vinho, o corpo dobrado sob as cobertas.

— Bem que te disse que você estava ficando doente — lamenta-se Richard. Por mais que ele esfregue suas costas, coloque mais cobertas, ela está morrendo de frio. Seus ombros tremem, ela bate os dentes. Richard se deita contra ela, abraça-a. Acaricia seus cabelos. Ele lhe dá remédios para engolir como o faz com Lucien, brincando um pouco.

Ele lhe contou várias vezes que, quando agonizam, os cancerosos começam a pedir perdão. Pouco antes do último gemido, desculpam-se com os vivos por erros que não têm tempo de explicar. "Perdoem-me, perdoem-me".

Em seu delírio, Adèle tem medo de falar. Desconfia da sua fraqueza. Teme confiar-se àquele que está cuidando dela e usa o pouco de energia que lhe resta para enfiar o rosto no travesseiro ensopado. Calar-se. Sobretudo, calar-se.

Simone abre a porta, o cigarro colado no canto dos lábios. Está usando um vestido envelope que ela não amarrou direito e que deixa entrever seu peito bronzeado e seco. Tem pernas finas e uma barriga gorda. Seus dentes estão manchados de batom e Adèle não consegue evitar passar a língua contra os seus próprios dentes, ao vê-la. Escruta as camadas de rímel barato coladas aos cílios de sua mãe, nota os traços de lápis azul sobre as pálpebras enrugadas.

— Richard, meu querido. Como estou contente em vê-lo. Fiquei tão decepcionada por vocês não terem vindo passar o Natal conosco. Se bem que, na casa dos seus pais, as coisas são muito bem-feitas. Nós não podemos fazer uma festa tão chique, com nossos recursos escassos.

— Olá, Simone. Estamos muito felizes de estar aqui, como sempre — entusiasma-se Richard, entrando no apartamento.

— Como você é gentil. Levanta, Kader, você está vendo que Richard chegou — grita ela ao marido, enfiado numa poltrona de couro.

Adèle permanece na soleira. Segura no colo Lucien, que está dormindo. Olha para a banqueta de *chintz* azul, que lhe dá calafrios. A sala lhe parece ainda menor, mais feia que antes. De frente para o sofá, a estante preta está lotada de bibelôs e fotos, dela e de Richard, e de sua mãe quando jovem. Em um grande prato, há uma coleção de caixas de fósforos empoeiradas. Flores artificiais estão dispostas em um vaso com motivos chineses.

— Simone, o cigarro! — reclama Richard, agitando suavemente o indicador.

Simone apaga o cigarro e se cola à parede, para deixar Adèle passar.

— Não vou te dar um beijo. Você está com o pequeno no colo, não vamos acordá-lo.

— Sim. Olá, mamãe.

Adèle atravessa o apartamento minúsculo e entra no seu quarto de criança. Mantém os olhos voltados para o chão. Tira lentamente a roupa de Lucien, que abriu os olhos e, ao menos desta vez, não se debate. Coloca-o na cama. Conta-lhe mais histórias do que o normal. Ele dorme profundamente quando ela abre o último livro. Continua a ler, devagar, a história de um coelho e de uma raposa. A criança se mexe e a empurra para fora da cama.

Adèle atravessa o corredor escuro, que cheira a roupa mofada. Encontra Richard na cozinha. Está sentado à mesa de fórmica amarela e sorri, com um ar cúmplice, à sua mulher.

— Teu filho demora muito pra dormir — diz Simone. — Você mima demais esse menino. Eu nunca tive esse tipo de frescura com você.

— Ele gosta de histórias, só isso.

Adèle rouba o cigarro que sua mãe segura entre os dedos.

— Vocês poderiam ter chegado mais cedo. A gente vai jantar às dez horas desse jeito. Ainda bem que Richard me faz companhia. Ela sorri e levanta, com a língua, a prótese de seu incisivo amarelado. — Tivemos muita sorte em encontrar você, querido Richard. Um verdadeiro milagre. Adèle sempre foi tão desajeitada, tão envergonhada. Jamais uma palavra, jamais um sorriso. A gente achava que ela ia acabar solteirona. Eu lhe dizia para ser mais atraente, dar vontade, ué. Mas ela era tão teimosa, cheia de segredos. Impossível de obter dela a mínima confissão. Tinha uns sujeitos que eram loucos por ela, ah sim, ela fazia sucesso, minha pequena Adèle. Não é que você fazia sucesso? Você vê, ela não responde. Se faz de orgulhosa. Eu lhe dizia: Adèle, você precisa se cuidar, se quer se comportar como uma princesa, ache um príncipe, porque aqui não temos os recursos para te sustentar a vida inteira. Com teu pai doente e eu, eu que penei a vida inteira, tenho direito de aproveitar meus melhores anos. Não seja idiota como eu, eu dizia a Adèle. Não vai se casar com o primeiro que aparecer para depois chorar lágrimas de sangue. Eu era bela, Richard, sabe? Já te mostrei esta foto? É um Renault amarelo. O primeiro do vilarejo. E você reparou? Meus sapatos combinavam com a bolsa. Sempre! Eu era a mulher mais elegante do vilarejo, pode perguntar, todo mundo vai te dizer. Não, felizmente ela achou um homem como você. Temos mesmo sorte.

O pai assiste à televisão. Não se levantou desde a chegada deles. Está absorto no espetáculo de réveillon do Lido. Bolsas cheias de água pesam no seu olhar, mas seus olhos verdes mantiveram um brilho e certa altivez. Na sua idade, ele ainda tem uma espessa cabeleira castanha. Uma fina coroa cinza clareia suas têmporas. Sua testa, sua enorme testa, continua lisa.

Adèle vem se sentar ao seu lado. Mal apoia as nádegas na banqueta e coloca as mãos sobre as coxas.

— Você gostou da televisão? Foi Richard que escolheu, sabe? É o último modelo — explica Adèle, com uma voz infinitamente doce.

— Está ótima, filha. Você me mima demais. Não devia gastar seu dinheiro com isso.

— Quer beber alguma coisa? Eles começaram o aperitivo na cozinha, sem a gente.

Kader aproxima sua mão de Adèle e dá tapinhas lentamente no seu joelho. Suas unhas são brilhantes e lisas, muito brancas, na ponta de seus longos dedos bronzeados.

— Deixe-os lá, eles não precisam da gente — sussurra ele, inclinando-se na direção dela. Ele sorri com um ar cúmplice e tira uma garrafa de uísque que estava sob a mesa. Serve dois copos. — Ela adora fazer essa cena quando chega teu marido. Você conhece tua mãe. Passa a vida organizando jantares pra impressionar os vizinhos. Se ela não tivesse enchido tanto meu saco, se não estivesse sempre atrás de mim, eu teria vivido uma bela vida. Teria feito como você. Teria ido pra Paris. Tenho certeza de que teria gostado do jornalismo.

— Estamos te ouvindo, Kader — reclama Simone.

Ele vira o rosto para a tela da televisão e aperta com os dedos o joelho frágil de sua filha.

Simone não tem uma mesa de jantar de verdade. Adèle a ajuda a dispor os pratos sobre duas pequenas mesas de centro, redondas, compostas de uma bandeja de bronze e suportes de madeira. Eles comem na sala, Kader e Adèle sentados na banqueta, Richard e Simone em pequenos pufes de seda azul. Richard tem dificuldade de esconder o desconforto de sua posição. Seus um metro e noventa atrapalham e ele come com os joelhos sob o queixo.

— Vou ver Lucien — Adèle pede licença.

Ela entra em seu quarto de quando era criança. Lucien dorme, com metade da cabeça para fora da cama. Ela empurra o corpo da criança contra a parede e se deita ao lado dele. Ouve a música do Lido e fecha os olhos para que sua mãe se cale. Ela cerra os punhos. Não percebe mais nada além da música animada do cabaré e suas pálpebras se enchem de estrelas e de *strass*. Ela mexe suavemente os braços, se agarra aos ombros nus das dançarinas. Ela dança, também, langorosa, bela e ridícula em uma fantasia de animal de circo. Não está mais com medo. É apenas um corpo, oferecido à felicidade dos turistas e aposentados.

As festas acabaram, ela vai reencontrar Paris, a solidão, Xavier. Vai poder, enfim, pular as refeições, calar-se, confiar Lucien a quem quiser. Dez, nove, oito, sete, seis, cinco, quatro, três, dois, um: feliz ano novo, Adèle!

Nada aconteceu como previsto. Primeiro, eles não encontraram um carro. Adèle tinha quinze anos; Louis, dezessete, mas ele havia jurado que um de seus amigos, um múltiplo repetente que vagabundeava na frente do colégio durante a aula, poderia levá-los à praia no carro de seu pai. Domingo de manhã, o amigo não deu sinal de vida.

— Paciência, vamos pegar o ônibus.

Adèle não disse nada. Não confessou que sua mãe proibia que pegasse o transporte público, sobretudo para sair da cidade, sobretudo na companhia de meninos. Eles esperaram o ônibus por mais de vinte minutos. Adèle havia posto um jeans justo demais, uma camiseta preta e um sutiã de sua mãe. Havia comprado uma gilete masculina na venda e a segurou como um cabo. Estava com as pernas arranhadas. Esperava que não desse para ver.

No ônibus, Louis sentou-se ao seu lado. Pôs o braço por cima de seus ombros. Preferiu falar com ela, em vez de com os amigos. Ela pensou que ele a tratava como sua mulher, como se ela fosse dele, e gostava disso.

A viagem durou mais de meia hora e, ao chegarem ao terminal, tiveram ainda que caminhar para chegar até a casa do amigo de Louis, a famosa casa de praia cujas chaves ele lhe emprestara. As chaves, justamente, não entravam na fechadura. Não abriam a porta. Louis bem que tentou forçar, tentou por cima, por baixo, a porta dos fundos e a da frente, nenhuma cedia. Eles haviam feito toda a viagem, Adèle tinha mentido aos pais, estava ali, a única menina com quatro meninos, baseados, álcool, e a chave não abria.

— Vamos entrar pela garagem — propôs Frédéric, que conhecia a casa e tinha certeza de que dava para entrar por lá.
— Não tem carro — precisou.

Frédéric foi o primeiro a entrar pela pequena janela, que só precisava ser empurrada, mas que se encontrava a dois metros do chão. Louis fez escadinha para Adèle, que se fez de orgulhosa e saltou com os dois pés na garagem úmida. Ir até a praia para ficar enfurnada numa garagem sem luz, sentada sobre toalhas mofadas esticadas no chão de concreto. Mas havia o álcool, os baseados e até o violão. Nesses pequenos estômagos, nesses peitos frágeis, todo esse belo material deveria ser suficiente para substituir o mar.

Adèle bebeu para tomar coragem. O momento chegara. Ela não cortaria. Havia poucas oportunidades, poucos lugares isolados, poucas casas de praia para que Louis recuasse. E, depois, ela tinha falado demais. Havia contado a ele que sabia dessas coisas, que não tinha medo. Que tinha conhecido outros meninos. Sentada no chão gelado, um pouco embriagada, ela se perguntou se ele se daria conta. Se dava para notar esse tipo de mentira ou se poderia iludi-lo.

A atmosfera se enevoou. Havia como que uma bruma. Uma vontade de infância fechava sua garganta. Um último sobressalto de inocência quase a fez desistir. A tarde passava mais rápido do que o previsto e os meninos acharam uma desculpa para sair da garagem. Ela os ouvia lá de fora, arranhando, como ratos. Louis a despiu, deitou-se de costas e sentou-a sobre ele.

Ela não havia imaginado aquilo. Aquela falta de jeito, aqueles gestos laboriosos, aqueles movimentos grotescos. Aquela dificuldade de fazer entrar nela o sexo dele. Ele não parecia particularmente feliz, apenas furioso, mecânico. Parecia querer chegar a algum lugar, mas ela não sabia aonde. Ele agarrou seus quadris e começou a fazer movimentos de vaivém. Ele a achava desajeitada, envergonhada. Ela disse:

— Acho que fumei demais.

Ele deslocou-a para o lado e foi ainda pior. Deitou-a de costas, com as pernas dobradas, e, com as mãos impacientes, segurou o sexo para penetrá-la. Ela não sabia se devia se mexer ou ficar imóvel, calar-se ou emitir gritinhos.

Eles retornaram. No ônibus, Louis se sentou ao lado dela. Colocou o braço sobre seus ombros. *Então é isso que é ser sua mulher?*, perguntou-se Adèle. Ela se sentia ao mesmo tempo suja e orgulhosa, humilhada e vitoriosa. Entrou em casa discretamente. Simone assistia à televisão e Adèle correu para o banheiro.

— Um banho a essa hora? Mas quem você acha que é? Uma princesa oriental? — berrou sua mãe.

Adèle entrou no banho pelando, enfiou o dedo na vagina, na esperança de achar alguma coisa. Uma prova, um sinal. Sua vagina estava vazia. Ela achava uma pena que eles não tivessem uma cama. Que não houvesse mais luz naquela pequena garagem. Ela nem sabia se havia sangrado.

Seis euros e noventa centavos. Todos os dias, ela junta seis euros e noventa centavos, em moedas, e compra um teste de gravidez. Tornou-se uma obsessão. Todas as manhãs, ao acordar, ela vai até o banheiro, revira o fundo de uma nécessaire onde escondeu a embalagem rosa e branca, e faz xixi sobre o papelzinho. Ela espera cinco minutos. Cinco minutos de uma angústia verdadeira, mas ao mesmo tempo totalmente irracional. O teste dá negativo. Ela fica aliviada por algumas horas, mas, na mesma noite, após verificar que sua menstruação ainda não desceu, ela volta à farmácia e compra outro teste. Talvez seja seu maior medo. Engravidar de outro homem. Não ter como dar uma explicação a Richard ou, pior ainda, ter de fazer amor com seu marido e fingir que o filho é dele. E, depois, sua menstruação chega, como um barulho de ovos quebrados. Seu ventre fica pesado e duro e ela chega a gostar dos espasmos que a retêm a noite toda na cama, os joelhos dobrados contra os seios.

Durante uma época, ela fazia o teste de HIV toda semana. Com a proximidade do resultado, ficava paralisada de angústia. Fumava baseados ao acordar, deixava-se morrer de fome e depois se arrastava, sem se pentear e com o sobretudo por cima do pijama, até as ruelas do hospital Salpêtrière para buscar um cartão amarelo sobre o qual estava escrito: "negativo".

Adèle tem medo de morrer. Um medo intenso, que a pega pela garganta e a impede de raciocinar. Ela começa então a tatear seu ventre, seus seios, sua nuca, e encontra gânglios que anunciam, com certeza, um câncer fulminante e uma dor atroz. Ela jura que vai parar de fumar. Resiste durante uma hora, uma tarde, um dia. Joga todos os cigarros fora, compra caixas de chiclete. Corre durante horas em volta da rotatória do parque Monceau. Depois ela diz a si mesma que não vale a pena viver carregando uma vontade dessas, uma vontade tão evidente, tão essencial. Que é preciso ser louco ou completamente idiota para se infligir essa privação, para olhar-se sofrer esperando que dure o máximo de tempo possível. Ela abre todas as gavetas, revira os bolsos de seus sobretudos. Sacode as bolsas e, quando não tem a sorte de encontrar um maço esquecido, coleta, na pequena varanda, uma bituca com o filtro preto, corta a extremidade e a suga gulosamente.

Suas obsessões a devoram. Ela não pode fazer nada. Porque requer mentiras, sua vida demanda uma organização extenuante, que ocupa totalmente seu espírito. Que a rói. Organizar uma falsa viagem, inventar um pretexto, reservar um quarto de hotel. Achar um bom hotel. Ligar dez vezes para o recepcionista para confirmar que "sim, tem uma banheira. Não, o quarto não é barulhento, não se preocupe". Mentir mas não se justificar demais. As justificativas alimentam as suspeitas.

Escolher uma roupa para um encontro, pensar nisso sem parar, abrir seu guarda-roupa no meio da refeição, responder a Richard, que pergunta:

— Mas o que você está fazendo?

— Oh, me desculpe, é um vestido, não sei mais onde ele está.

Fazer as contas, vinte vezes. Tirar dinheiro em espécie, não deixar nenhum rastro. Ficar no vermelho por causa de lingerie fina, trajetos de táxi e coquetéis exorbitantes nos bares de hotel.

Ser bela, estar pronta. Enganar-se, inevitavelmente, de prioridade.

Perder uma consulta marcada no pediatra por um beijo longo demais. Ficar com vergonha de voltar a esse pediatra, que, no entanto, é competente. Ser preguiçosa demais para escolher outro. Dizer a si mesma que, com um pai médico, Lucien nem tem tanta necessidade de um pediatra.

Ela comprou o telefone com flip, que ela nunca tira da bolsa e cuja existência é ignorada por Richard. Comprou um segundo computador, que esconde debaixo da cama, do seu lado, perto da janela. Não guarda nenhum rastro, nenhuma nota fiscal, nenhuma prova. Desconfia dos homens casados, dos sentimentais, dos histéricos, dos velhos solteirões, dos jovens românticos, dos amantes na rede, dos amigos de amigos.

Às dezesseis horas, Richard liga. Richard se desculpa por ter de fazer outro plantão. Isso faz duas noites corridas, ele deveria tê-la prevenido. Mas foi obrigado a aceitar, devia um favor a um colega.

— Xavier. Você lembra?

— Ah, sim. O sujeito do jantar. Não posso falar muito, estou esperando o pequeno na frente da escola. Irei talvez ao cinema, então. De toda forma, eu já havia pedido a Maria pra cuidar de Lucien.

— Sim, muito bem. Vá ao cinema, depois você me conta.

Felizmente, ele nunca pede para ela contar.

Esta noite, Adèle verá Xavier. No dia do retorno deles a Paris, ela se fechou no banheiro para enviar-lhe uma mensagem: "Estou aqui". Decidiram se encontrar esta noite. Adèle comprou um vestido branco, bem justo, e um par de meias-calças de bolinhas pretas. Vai colocar sapatos baixos. Xavier é baixo.

Na frente da escola, Adèle observa as mães rindo entre si. Elas seguram os filhos pelos ombros, prometem parar na padaria e depois no carrossel. Lucien sai, arrastando o sobretudo pelo chão.

— Vista-se, Lucien. Está frio, vem, vou fechar teu sobretudo. — Adèle se ajoelha na frente do filho, que a empurra e a desequilibra.

— Não quero o sobretudo!

— Lucien, não estou com vontade de brigar. Não agora, não na rua. Ponha o sobretudo.

Ela desliza a mão sob a malha de seu filho e belisca violentamente suas costas. Ela sente a carne macia se dobrar sob seus dedos.

— Ponha o sobretudo, Lucien. Não discuta.

Subindo a rua em direção à casa, de mãos dadas com o menino, ela se sente culpada. Está com o estômago embrulhado. Puxa o braço do filho, que para na frente de todos os carros, comentando a forma e a cor. Ela repete:

— Apresse o passo! — ela arrasta o corpo da criança, que resiste e se recusa a avançar. Todo mundo olha para ela.

Ela gostaria de saber ir devagar. Ser paciente, aproveitar cada instante com seu filho. Mas hoje ela só quer uma coisa: despachá-lo o mais rápido possível. Não vai demorar, em duas horas ela estará livre, ele terá tomado banho, terá comido, eles terão brigado, ela terá gritado. Maria chegará, Lucien começará a chorar.

Ela sai do apartamento. Para na frente de um cinema, compra um ingresso e o guarda no bolso do sobretudo. Para um táxi.

Adèle está sentada no escuro, em um prédio da rua Cardinal-
-Lemoine. Sentou sobre um degrau entre o primeiro e o segundo andar. Não encontrou ninguém. Está esperando.

Ele não deveria demorar.

Ela está com medo. Outra pessoa poderia entrar, alguém
que ela não conhece e que poderia lhe fazer mal. Ela se obriga
a não olhar para o relógio. Não tira o celular do bolso. Nada
passa rápido o bastante, de toda forma. Ela se deixa cair para
trás, coloca a bolsa sob a cabeça e sobe a saia do vestido, que
chega até os joelhos. É um vestido leve, leve demais para a
estação. Mas ele sobe quando a gente gira, como uma verdadeira saia de menininha. Adèle acaricia a coxa com a ponta
da unha. Sobe lentamente a mão, empurra a calcinha para o
lado e coloca a mão. Firmemente. Ela pode sentir os lábios in-
charem, o sangue que aflui sob a polpa dos dedos. Ela segura
seu sexo com o punho, fecha violentamente a mão. Arranha-
-se do ânus até o clitóris. Vira o rosto contra a parede, dobra as
pernas e molha os dedos. Uma vez, um homem cuspiu no seu
sexo. Ela gostou.

O indicador e o dedo do meio. É só isso. Um movimento
vivo, quente, como uma dança. Uma carícia contínua, total-

mente natural e infinitamente degradante. Ela não consegue. Para e depois recomeça. Mexe a cabeça como um cavalo tenta afastar as moscas que irritam suas ventas. É preciso ser um animal para conseguir fazer coisas assim. Talvez se ela gritar, se começar a gemer, sentirá melhor o espasmo, a liberação, a dor, a cólera. Ela murmura pequenos "ah". Não é com a boca, é com o ventre que precisaria gemer. *Não, é preciso ser uma besta para se abandonar assim. É preciso não ter dignidade nenhuma*, pensa Adèle, no momento em que o portão do prédio se abre. Alguém chamou o elevador. Ela não se mexe. Pena que ele não subiu a escada.

Xavier sai do elevador, tira um molho de chaves do bolso. No momento em que abre a porta, Adèle, que tirou os sapatos, põe as mãos em sua cintura. Ele tem um sobressalto e dá um grito.

— É você? Você me assustou. É uma abordagem um pouco bizarra, não?

Ela dá de ombros e entra na *garçonnière*.

Xavier fala muito. Adèle espera que ele não demore em abrir a garrafa de vinho que está segurando há quinze minutos. Ela se levanta e lhe dá o saca-rolhas.

É o momento de que ela mais gosta.

O que precede o primeiro beijo, a nudez, as carícias íntimas. Esse momento em suspenso em que tudo ainda é possível e no qual ela é a senhora da magia. Ela dá um gole gulosamente. Uma gota de vinho escorrega pelo seu lábio, ao longo do queixo, e estoura na gola de seu vestido branco antes que ela possa impedi-la. É um detalhe da história e é ela que a escreve. Xavier está febril, tímido. Não está impaciente, e ela está grata por ele ter se sentado longe dela, naquela cadeira desconfortável. Adèle está acomodada no sofá, as pernas dobradas sob o corpo. Ela fixa Xavier com seu olhar pantanoso, viscoso e impenetrável.

Ele aproxima sua boca e uma onda elétrica percorre o ventre de Adèle. A descarga atinge seu sexo, o faz explodir, carnudo e suculento, como uma fruta descascada. A boca do homem tem gosto de vinho e de cigarrilhas. Um gosto de floresta e de campos russos. Ela tem vontade dele e é quase um milagre uma vontade assim. Ela o quer, quer sua mulher, e essa história, e essas mentiras, e as mensagens por vir, e os segredos e as lágrimas e até mesmo o adeus, inevitável. Ele faz deslizar seu vestido. Suas mãos de cirurgião, longas e ossudas, mal roçam sua pele. Ele tem gestos seguros, ágeis, deliciosos. Parece distante e, de repente, furioso, incontrolável. Tem certo senso de dramaturgia, regozija-se Adèle. Ele está tão perto agora que ela tem vertigem. Sua respiração a impede de refletir. Ela está mole, vazia, à sua mercê.

Ele a acompanha até o ponto de táxi, aperta os lábios contra seu pescoço. Adèle precipita-se no carro, sua carne ainda farta de amor, os cabelos embaraçados. Saturada de odores, de carícia e de saliva, sua pele está com uma cor nova. Cada poro a denuncia. Seu olhar está molhado. Ela tem um ar de gato, displicente e malicioso. Ela contrai seu sexo e um *frisson* a percorre inteira, como se o prazer não tivesse sido completamente consumado e seu corpo receptasse lembranças ainda tão vivazes que ela poderia convocá-las a qualquer instante e gozá-las.

Paris está alaranjada e deserta. O vento glacial varreu as pontes, liberou a cidade dos passantes, deixou os paralelepípedos à sua sorte. Envolvida em uma espessa capa de bruma, a cidade oferece a Adèle um terreno de devaneios ideais. Ela se sente quase intrusa nesta paisagem, olha através do vidro como se colocasse o olho num buraco de fechadura. A cidade lhe parece infinita, ela se sente anônima. Não consegue acreditar que esteja ligada a quem quer que seja. Que alguém a espere. Que se possa contar com ela.

Ela entra em casa, paga Maria, que, como todas as vezes, sente-se obrigada a dizer:

— O pequeno chamou por você esta noite. Demorou a dormir.

Adèle se despe, mergulha o nariz nas roupas sujas, que ela enrola em uma bola e esconde em um armário. Amanhã ela buscará nelas o cheiro de Xavier.

Está na cama quando o telefone toca.

— Senhora Robinson? A senhora é a esposa do doutor Richard Robinson? Senhora, desculpe ligar a esta hora, veja, não entre em pânico, seu marido teve um acidente de *scooter* há uma hora no boulevard Henri-IV. Ele está consciente, está fora de perigo, mas sofreu sérios traumatismos nas pernas. Foi trazido pra cá, ao Salpêtrière, estamos fazendo exames. Não posso dizer mais nada por enquanto, mas a senhora com certeza pode vir vê-lo, quando quiser. Seu apoio lhe será muito útil.

Adèle está com sono. Não compreende bem. Não se dá conta da gravidade da situação. Poderia dormir um pouco, dizer que não ouviu o celular. Mas é tarde demais. Estragou-se a noite. Ela entra no quarto de Lucien.

— Meu amor, meu querido, precisamos pegar o carro.

Ela o enrola em uma coberta e o pega no colo. Ele não acorda quando ela entra no táxi. No caminho, ela liga para Lauren e cai dez vezes na voz educada da caixa-postal. Irritada, cada vez mais frenética, ela liga mais e mais uma vez. Em frente ao prédio de Lauren, ela pede que o táxi espere por ela.

— Vou deixar o menino e já desço.

O motorista, com um forte sotaque chinês, exige que ela deixe uma garantia.

— Vá se foder — responde Adèle, jogando uma nota de vinte euros.

Ela entra no prédio, com Lucien dormindo em seu ombro, e toca na porta de Lauren.

— Por que você não atendeu? Está brava comigo?

— Não — responde Lauren, com a voz pastosa, o rosto amassado. Está usando um quimono pequeno demais para ela, que chega até pouco abaixo das nádegas. — Eu estava dormindo, só isso. O que está acontecendo?

— Eu pensei que você estivesse brava. Por causa da outra noite. Eu achei que você não gostasse mais de mim, que estivesse cansada de mim, que estivesse se afastando...

— Mas do que você está falando? Adèle, o que está acontecendo?

— Richard teve um acidente de *scooter*.

— Oh, merda.

— Não parece ser tão grave. Ele vai ter de ser operado da perna, mas tudo bem. Preciso ir ao hospital, não posso levar Lucien. Não tenho mais a quem recorrer.

— Sim, sim, passe-o pra mim — Lauren estende os braços, Adèle se inclina em sua direção e deixa o corpo do garotinho deslizar lentamente até o colo de Lauren, que fecha os braços em torno da coberta. — Mantenha-me informada. E não se preocupe com ele.

— Eu te disse, acho que não é grave.

— Estava falando do teu filho — sussurra Lauren, fechando a porta.

Adèle chama um táxi. Anunciam uma espera de dez minutos. Ela fica no hall apagado, atrás da grande porta envidraçada. Abrigada. Tem medo de esperar na rua a esta hora, ela correria o risco de ser atacada, estuprada. Vê o táxi chegando e passando pelo prédio, para estacionar duzentos metros adiante, na esquina.

— Que imbecil! — Adèle abre a porta e corre até o carro.

Ela se senta na sala de espera, no sexto andar.

— O residente vai passar pra vê-la assim que terminar.

Adèle sorri timidamente. Folheia uma revista, enrola suas pernas uma contra a outra até as panturrilhas começarem a formigar. Faz uma hora que ela está ali, vendo as macas passarem, ouvindo os jovens residentes gracejando com os enfermeiros. Ligou para Odile, que decidiu pegar o primeiro trem amanhã para ver seu filho.

— Vai ser duro pra você, minha querida Adèle. Vou trazer Lucien comigo pra casa, assim você ficará mais tranquila pra cuidar de Richard.

Adèle não está sofrendo, não está contrariada. Este acidente, porém, é um pouco culpa sua. Se Xavier não tivesse trocado de plantão com Richard, se ela não tivesse dado essa ideia ridícula, se eles não tivessem tido tanta vontade de se encontrar, seu marido estaria em casa, são e salvo. A esta hora, ela dormiria tranquila ao seu lado, sem precisar enfrentar todas as complicações que esse acidente não deixará de gerar.

Mas esse acidente talvez seja uma chance. Um sinal, uma libertação. Durante ao menos alguns dias, ela terá a casa só para ela. Lucien irá para a casa da avó. Ninguém poderá vigiar suas idas e vindas. Ela chega ao ponto de pensar que as coisas poderiam ter sido ainda melhores.

Richard poderia ter morrido.

Ela seria viúva.

A uma viúva se perdoam muitas coisas. A tristeza é uma desculpa extraordinária. Ela poderia, pelo resto da vida, multiplicar os erros e as conquistas, e diriam dela: "A morte do marido acabou com ela. Não consegue se recuperar". Não, esse cenário não convém. Nesta sala de espera, onde pediram para ela preencher papéis e questionários, ela é obrigada a reconhecer que Richard é essencial para ela. Não poderia viver sem ele. Estaria completamente desarmada, obrigada a enfrentar a vida, a verdadeira, terrível, concreta. Precisaria reaprender tudo, fazer tudo e, de partida, perder em papelada o tempo que ela dedica ao amor.

Não, Richard não deve morrer. Não antes dela.

— Senhora Robinson? Sou o doutor Kovac.

Adèle se levanta sem jeito, está com dificuldade para ficar em pé de tão entorpecidas que estão suas pernas.

— Fui eu que falei com a senhora agora há pouco. Recebi as imagens e as lesões são sérias. Felizmente, na perna direita, há apenas feridas superficiais. Mas a perna esquerda tem fraturas múltiplas, uma ruptura do platô tibial e um rompimento dos ligamentos.

— Certo. E concretamente?

— Concretamente, ele deverá ser operado nas próximas horas. Em seguida, será engessado e depois será preciso pensar em uma longa reabilitação.

— Ele vai ficar internado por muito tempo?

— Uma semana, talvez dez dias. Não se preocupe, seu marido vai voltar pra casa. Vamos prepará-lo pra operação. Vou encarregar um enfermeiro de chamá-la quando ele for para o quarto.

— Espero aqui.

Após uma hora, ela troca de lugar. Não gosta de ficar sentada na frente desses elevadores que se abrem para as dores do mundo. Ela encontra uma cadeira vazia no fundo do corredor, perto do cômodo onde os enfermeiros descansam. Ela os observa arrumando os arquivos, preparando os medicamentos, indo de um quarto para outro. Ouve o atrito liso de suas pantufas contra o chão. Escuta as conversas entre eles. Uma auxiliar de enfermagem deixa cair um copo de um carrinho que ela empurra brutalmente. Quarto 6095, uma paciente teima em recusar os remédios. Adèle não a vê, mas imagina que seja velha e que a enfermeira que lhe dirige a palavra esteja acostumada com seus caprichos. Depois, as vozes se calam. O corredor mergulha na escuridão. A doença dá lugar ao sono.

Há três horas, a mão de Xavier estava sobre seu sexo.

Adèle se levanta. Seu pescoço dói muito. Ela procura o banheiro, se perde nos corredores vazios, volta para trás, gira em círculos. Acaba empurrando uma porta de madeira compensada e entra em um banheiro vetusto. A tranca não fecha. Não há água quente e ela borrifa água no rosto e no cabelo tiritando de frio. Enxágua a boca para enfrentar o dia seguinte. No corredor, ouve seu nome. Sim, eles disseram Robinson. Estão procurando-a. Não, estão falando com seu marido. Com Richard, deitado naquela maca. Ele está ali, em frente ao quarto

6090, Richard, pálido e transpirando, debilitado em seu avental azul. Está com os olhos abertos, mas Adèle custa a crer que está acordado. Tem o olhar vazio. Apenas suas mãos, que se agarram ao lençol para levantá-lo, suas mãos, que protegem seu pudor, apenas suas mãos provam que ele está consciente.

A enfermeira empurra a maca para dentro do quarto. Fecha a porta na frente de Adèle, que espera autorizarem sua entrada. Não sabe o que fazer com os braços. Procura algo para dizer, uma frase reconfortante, palavras apaziguantes.

— A senhora pode entrar.

Adèle se senta à direita da cama. Richard mal vira o rosto em sua direção. Ele abre a boca e filetes compactos de saliva ficam grudados em seus lábios. Está cheirando mal. Um odor de transpiração e de medo. Ela apoia a cabeça no travesseiro e eles adormecem ao mesmo tempo. Testa contra testa.

Ela deixa Richard às onze horas.

— Preciso ir buscar Lucien. A coitada da Lauren está me esperando.

No elevador, ela cruza com o cirurgião que acaba de operar seu marido. Está vestindo um jeans e um casaco de couro. É jovem. Mal saiu da residência, ou talvez ainda seja um residente. Ela o imagina abrindo os corpos, manipulando os ossos, serrando, virando, desconjuntando. Observa suas mãos, seus longos dedos que passaram a noite no sangue e nas viscosidades.

Ela baixa os olhos. Finge não reconhecê-lo. Uma vez na rua, não consegue se impedir de segui-lo. Ele caminha rápido, ela acelera o passo. Ela o observa da calçada da frente. Ele tira um cigarro do casaco, ela atravessa e se coloca na sua frente.

— Você tem fogo?

— Ah, sim, espere — ele procura, sobressaltado, nos bolsos do casaco. — Você é a esposa do doutor Robinson. Não precisa se preocupar. É uma fratura feia, mas ele é jovem, vai se recuperar rápido.

— Sim, sim. Você me disse agora há pouco, quando passou no quarto. Não estou preocupada.

Ele faz a pedra do isqueiro estalar. A chama se apaga. Ele protege o fogo com a mão direita, mas a chama é novamente varrida por uma corrente de ar. Adèle arranca-lhe o isqueiro da mão.

— Você está voltando pra casa?
— Hum, sim.
— Alguém está esperando você?
— Sim. Enfim, por quê? Posso ajudá-la?
— Você quer tomar um drinque?

O médico a olha fixamente e explode num riso barulhento, alegre, infantil. O rosto de Adèle se descontrai. Ela sorri, é bela. Esse sujeito ama a vida. Ele tem dentes de feiticeiro branco, um olhar voluptuoso.

— Por que não? Se você quer.

Adèle visita Richard todos os dias. Antes de entrar no quarto, ela olha pela janela na parte de cima da porta. Se seu marido está acordado, ela lhe oferece um sorriso incomodado e condolente. Traz revistas, chocolates, uma baguete quente ou frutas da estação. Mas nada parece o agradar. Ele deixa a baguete ficar velha. Um odor de bananas passadas paira no quarto.

Ele não tem vontade de nada. Nem de conversar com ela, que, sentada no banquinho azul desconfortável à direita da cama, cansa de puxar assunto. Ela folheia revistas, comenta as fofocas, mas Richard mal responde. Ela acaba se calando. Olha pela janela, o hospital tão grande quanto uma cidade, o metrô aéreo e a estação Austerlitz.

Richard não se barbeia há uma semana e sua barba negra e irregular endurece seus traços. Ele emagreceu muito. A perna no gesso, ele fita a parede à sua frente, esmagado pela perspectiva das semanas que o esperam.

A cada vez ela se convence de que vai passar a tarde com ele, distraí-lo, aguardar a passagem do médico para fazer perguntas. Mas ninguém vem. O tempo passa ainda mais lentamente porque eles têm o sentimento de terem sido esquecidos, como se ninguém se preocupasse com eles, como se esse quarto não existisse em lugar nenhum e a tarde se estendesse, interminável. Após uma meia hora, ela sempre acaba se entediando. Deixa-o e não consegue evitar ficar aliviada.

Ela detesta aquele hospital. Aqueles corredores onde estropiados, acoletados, engessados, esfolados se esforçam para caminhar. Aquelas salas de espera onde pacientes ignorantes esperam que lhes chegue a palavra sagrada. À noite, durante o sono, ela escuta os gritos da vizinha de Richard, uma octogenária senil que quebrou o fêmur e que berra:

— Deixem-me em paz, eu suplico, vão embora.

Uma tarde, Adèle se prepara para partir quando uma enfermeira redonda e tagarela entra no quarto.

— Ah, muito bem, sua esposa veio vê-lo. Ela vai poder ajudar no banho. É bom estarmos em duas. Richard e Adèle se entreolham, horrivelmente incomodados com a situação. Adèle arregaça as mangas de sua malha e pega a luva que a enfermeira lhe dá.

— Vou segurá-lo e a senhora esfrega as costas dele. Isso, assim.

Adèle passa lentamente a luva pelas costas de Richard, sob suas axilas peludas, seus ombros. Desce até as nádegas. Ela se aplica ao máximo e com o máximo de carinho de que é capaz. Richard baixa a cabeça e ela sabe que ele está chorando.

— Vou terminar sozinha, se não se incomodar — diz à enfermeira, que tenta responder, mas desiste ao constatar que Richard soluça baixinho. Adèle senta-se na cama. Segura o braço de Richard na mão, esfrega sua pele, se demora em seus longos dedos. Não sabe o que dizer. Nunca precisou cuidar de seu marido, e esse papel a desconcerta e entristece. Quebrado ou bem de saúde, o corpo de Richard não é nada para ela. Não lhe traz nenhuma emoção.

Felizmente, Xavier a espera.

— Estou vendo como você está perturbada — sussurra de repente Richard. — Sinto muito por ser tão fechado, tão duro com você. Sei que para você também tudo isso é muito duro, tenho raiva de mim. Eu me vi morrer, Adèle. Estava com tanto sono, não conseguia manter os olhos abertos e depois perdi o controle da *scooter*. Aconteceu muito lentamente, eu vi tudo, o carro que vinha de frente, o poste de luz à minha direita. Escorreguei por metros e metros, me pareceu interminável. Pensei que tinha acabado, que ia morrer ali, por causa de um plantão a mais. Isso me abriu os olhos. Esta manhã, escrevi um e-mail ao chefe de serviço pra apresentar minha demissão. Vou sair do hospital, não aguento mais. Fiz uma proposta pela casa e planejo assinar a minha associação à clínica de Lisieux. Você precisa avisar no jornal. Não espere o último momento, seria uma pena partir em maus termos. Vamos começar de novo, minha querida. Esse acidente não terá sido apenas negativo, no fim das contas.

Ele levanta seus olhos avermelhados na direção dela, sorri, e Adèle vê o homem velho com quem vai terminar seus dias. Seu rosto grave, sua tez amarelada, seus lábios secos, aqui está seu futuro.

— Vou chamar a enfermeira, ela poderá terminar sem mim. O importante é que você fique bem. Não pense em nada disso, descanse. Falaremos disso amanhã. — Ela torce a luva com raiva, coloca-a sobre o criado-mudo e sai, acenando-lhe com a mão.

Ela acorda brutalmente. Mal tem tempo de se dar conta de que está nua, que está com frio e que adormeceu com o nariz em um cinzeiro cheio. Seu peito se sacode, suas tripas se remoem. Ela tenta fechar de novo os olhos, vira-se, implora ao sono para engoli-la, para tirá-la dessa situação ruim. As pálpebras fechadas, ela se afunda na cama que balança. Sua língua se contrai até fazê-la gritar de dor. Relâmpagos esverdeados atravessam seu crânio. Seu pulso acelera. A náusea lhe corrói o ventre. Seu pescoço treme, tem um buraco no estômago. Como um grande vazio antes da expulsão. Ela tenta levantar as pernas para irrigar melhor o cérebro. Não tem forças. Só tem tempo para engatinhar até o banheiro. Enfia a cabeça no vaso e começa a vomitar um líquido ácido e cinza. Enjoos violentos a torcem, ela vomita pela boca, pelo nariz, sente-se morrendo. Acha que parou, mas depois recomeça. Acompanha os vômitos com um gesto excessivo, se retorce como uma serpentina e cai novamente, esgotada.

Não se mexe mais. Deitada no azulejo, ela retoma uma respiração lenta. Sua nuca está ensopada, ela começa a sentir frio e isso lhe faz bem. Dobra os joelhos contra o peito. Chora baixinho. As lágrimas deformam seu rosto amarelo, fendem sua pele ressecada pela maquiagem. Ela balança para a frente e para trás o corpo que a abandona, que a enoja. Passa a língua pelos dentes e sente um pedaço de comida contra o palato.

Ela não sabe quanto tempo passou. Não sabe se adormeceu. Rasteja pelo azulejo até o chuveiro. Levanta-se, bem devagar, em etapas. Tem medo de desmaiar, de quebrar o crânio na banheira, de vomitar mais. Agachada, de joelhos, de pé. Mal fica em pé. Ela queria enfiar as unhas nas paredes. Inspira e tenta caminhar reto. Seu nariz está entupido, cheio de sujeira. Está dolorido. No chuveiro, ela nota o sangue que corre ao longo das coxas. Não ousa olhar para seu sexo, mas sabe que está em carne viva, rasgado, intumescido como um rosto estourado por uma bala.

Ela se lembra de pouca coisa. Seu corpo é o único indício. Não queria passar a noite sozinha, disso ela se lembra. Tinha ficado terrivelmente angustiada por ver as horas passarem sem saber o que faria esta noite, sozinha, em seu apartamento. Mehdi respondeu depois de uma hora à mensagem que ela deixara em seu site. Chegou às vinte e uma horas e, como previsto, levou um amigo e cinco gramas de cocaína. Adèle se arrumou. Não é porque pagou que pode se descuidar. Eles se acomodaram na sala. Ela gostou imediatamente de Mehdi. Os cabelos cortados rente, um rosto de canalha, gengivas amarronzadas e dentes de animal. Usava uma pulseira *gourmette* e roía as unhas. Era admiravelmente vulgar. O amigo era loiro e discreto. Um menino jovem e magro, chamado Antoine, que levou uma hora para tirar o casaco.

Eles pareciam um pouco surpresos com o apartamento, a decoração moderna e refinada. Sentados no sofá, pareciam dois garotinhos um pouco intimidados por tomar chá na casa de uma pessoa grande. Adèle abriu uma garrafa de champanhe e Mehdi, que a tratou logo de cara de maneira informal, perguntou:

— E você, faz o quê?

— Sou jornalista.

— Jornalista? Puta merda, que foda.

Ele tirou o saquinho do bolso, agitou-o na frente de Adèle.

— Ah, sim, espera. — Ela se virou e tirou da estante o estojo de DVD de um desenho animado de Lucien. Mehdi tirou sarro e despejou seis carreiras sobre o DVD.

— Você faz as honras. É da boa — repetia, sem parar, Mehdi, e ele tinha razão.

Adèle quase não sentia mais os dentes. Suas narinas pinicavam, ela tinha uma vontade de beber alegre e compulsiva. Pegou a garrafa de champanhe, jogou a cabeça para trás e, quando o líquido começou a correr pelas suas bochechas, pelo seu pescoço, a impregnar sua roupa, ela disse a si mesma que era o sinal. Antoine se ajoelhou atrás dela. Começou a desabotoar a camisa dela. Eles sabiam exatamente o que estavam fazendo, como um balé perfeitamente coreografado. Mehdi lambeu seus seios, colocou a mão entre suas coxas, enquanto Antoine a segurava pelos cabelos.

Adèle escorrega contra a parede. Ela se agacha sob o jato de água pelando. Está com vontade de fazer xixi, mas seu baixo-ventre está duro, como se um osso tivesse crescido ali durante a noite. Ela contrai os pés, cerra a mandíbula e quando, enfim, a urina infecta começa a correr ao longo de sua coxa, ela dá um grito de dor. Seu sexo não passa agora de um pedaço de vidro quebrado, um labirinto de estrias e rachaduras. Uma fina camada de gelo sob a qual flutuam cadáveres gélidos. Seu púbis, que ela apara todo dia com aplicação, está roxo.

Foi ela quem pediu. Não pode culpá-lo. Foi ela quem pediu a Mehdi, após uma hora de jogos, após uma hora em que ele esteve dentro dela, em que Antoine esteve dentro dela, uma hora de brincadeiras, de trocas, foi ela quem não aguentou. Ela quem disse: "não é mais suficiente", que quis sentir, que acreditou suportar. Cinco vezes, talvez dez, ele levantou a perna e seu joelho pontudo, ossudo, estourou seu sexo. No começo, ele tomou cuidado. Lançou a Antoine um olhar confuso, zombeteiro. Levantou a perna e deu de ombros. Não entendia. E, depois, ele tomou gosto, ao vê-la contorcer-se, ao ouvir seus gritos, que não eram mais humanos.

Depois, depois, nada mais era possível. Depois, ela talvez tenha desmaiado. Eles talvez ainda tenham conversado. Em todo caso, ela acordou ali, nua, no apartamento vazio. Ela sai lentamente do chuveiro, segurando em cada móvel, em cada canto da parede. Apanha apenas uma toalha, que ela enrola em volta de si, e se senta, delicadamente, bem delicadamente, na beira da cama. Ela se olha no grande espelho de corpo inteiro. Está branca e velha. O menor movimento faz pular seu coração, até mesmo pensar basta para fazer as paredes girarem.

Ela precisaria comer alguma coisa. Beber algo fresco e doce. Ela sabe, o primeiro gole será delicioso, estancará sua sede e, depois, uma vez que o líquido estiver em seu estômago vazio, ela sentirá uma náusea intensa, uma enxaqueca atroz.

Precisará resistir. Deitar de novo. Beber um pouco, dormir muito.

De qualquer forma, a geladeira está vazia. Desde que Richard foi hospitalizado, ela não fez compras. O apartamento está sujo. No quarto, há roupas jogadas por todos os lados, calcinhas espalhadas pelo chão. Um vestido dorme sobre o braço do sofá da sala. Cartas não abertas estão empilhadas na cozinha. Ela vai acabar perdendo-as ou jogando-as fora. Dirá a Richard que não havia nenhuma correspondência. Adèle não foi ao trabalho a semana toda. Jurou ao jornal que estava incapacitada de escrever. Não responde a Cyril, que a persegue, depois envia uma mensagem lamentável, em plena noite, para explicar que passa os dias no hospital ao lado do marido. Que voltará na segunda-feira.

Ela dorme toda vestida, come na cama. Tem frio o tempo todo. Seu criado-mudo está abarrotado de potes de iogurte pela metade, de colheres e de pedaços de pão duro. Ela vê Xavier, quando ele pode, no apartamento da rue du Cardinal-Lemoine. Quando ele liga, ela sai da cama, toma um longo banho pelando, joga no chão suas roupas e escancara o guarda-roupa. Está no vermelho, mas mesmo assim pega um táxi. A cada dia precisa de um pouco mais de maquiagem para camuflar as olheiras, para reavivar sua tez alterada.

Seu telefone toca. Ela tateia a coberta, levanta lentamente as almofadas. Ela escuta. Não o encontra. Ele estava sob seus pés. Ela olha para a tela. Perdeu seis ligações. Seis ligações de Richard, com alguns minutos de diferença. Seis ligações frenéticas, seis ligações furiosas.

15 de janeiro.

Richard sai hoje, está esperando. É 15 de janeiro e ela havia esquecido. Ela se veste. Enfia um jeans confortável e uma malha masculina de caxemira.

Senta-se.

Penteia-se e maquia-se.

Senta-se.

Arruma a sala, enrola as roupas em uma bola e se encosta nos armários da cozinha, a testa gelada de suor. Ela procura a bolsa. Está no chão, revirada, vazia.

É preciso ir buscar Richard.

No verão, os pais de Adèle alugavam um pequeno apartamento na região do Touquet. Kader passava o dia no bar, com um bando de amigos de férias. Simone jogava bridge e se bronzeava no terraço, com uma faixa de papel-alumínio em volta do pescoço.

Adèle gostava de vagar pelo apartamento vazio. Fumava cigarros mentolados na varanda. Dançava no meio da sala e vasculhava as gavetas. Uma tarde, ela havia encontrado uma edição de *A insustentável leveza do ser*, que devia pertencer aos proprietários. Seus pais não liam esse tipo de livro. Seus pais não liam nenhum livro. Ela virou as páginas ao acaso e caiu sobre uma cena que a perturbara até as lágrimas. As palavras ressoavam até seu ventre, uma corrente elétrica a percorria a cada frase. Ela cerrava a mandíbula, contraía o sexo. Pela primeira vez na vida, teve vontade de se tocar. Apanhara as bordas da calcinha e levantara-a até que o tecido queimasse seu sexo.

"Ficou quase inerte enquanto ele a despia. Quando a beijou, seus lábios não responderam. Depois então, ela percebeu subitamente que seu sexo estava úmido e ficou consternada."

* * *

Ela recolocava o livro em seu lugar, na pequena cômoda da sala e, à noite, pensava nele. Tentava se lembrar das palavras exatas, reencontrar a música, e então não aguentava. Levantava-se para abrir a gaveta, olhar para a capa amarela e sentir, sob o vestido leve, despertarem sensações desconhecidas. Mal ousava segurá-lo. Não havia marcado a página, não havia deixado nenhum rastro de sua passagem no meio daquela história. Mas toda vez ela acabava encontrando o capítulo que a tinha emocionado tanto.

"A excitação que sentia era ainda maior porque estava excitada a contragosto. Desde então, sua alma concordava secretamente com tudo o que decerto iria se passar, mas ela sabia também que para prolongar essa grande excitação, seu consentimento devia continuar sendo tácito. Se ela tivesse dito sim em voz alta, se tivesse aceitado participar de boa vontade da cena de amor, a excitação teria desaparecido. Porque o que excita a alma é justamente ser traída pelo corpo, que age contra a sua vontade, e assistir essa traição.

"Depois, ele lhe tirou a calcinha; agora, estava completamente nua."

Ela repetia essas frases como um mantra. Enrolava-as com a língua. Tecia-as no fundo da cabeça. Entendeu rapidamente que o desejo não tinha importância. Não desejava os homens que abordava. Não era à carne que ela aspirava, mas à situação. Ser pega. Observar a máscara dos homens que gozam. Preencher-se. Experimentar uma saliva. Imitar o orgasmo epilético, o gozo lascivo, o prazer animal. Ver partir um homem, suas unhas maculadas de sangue e esperma.

O erotismo envolvia tudo. Mascarava a platitude, a inutilidade das coisas. Dava um relevo às suas tardes de aluna do ensino médio, aos lanches de aniversário e até mesmo às reuniões de família, quando se encontra sempre um tio velho para espionar seus seios. Essa busca abolia todas as regras, todos os códigos. Tornava impossível as amizades, as ambições, o uso do tempo.

Adèle não tira nem glória nem vergonha de suas conquistas. Não mantém um registro de contas, não guarda os nomes e ainda menos as situações. Esquece muito rápido, e é melhor assim. Como poderia se lembrar de tantas peles, tantos odores? Como poderia guardar na memória o peso de cada corpo sobre ela, a largura dos quadris, o tamanho do sexo? Ela não se lembra de nada precisamente, mas os homens são os únicos pontos de referência de sua existência. A cada estação, a cada aniversário, a cada acontecimento da sua vida, corresponde um amante ou um rosto vago. Em sua amnésia, flutua a reconfortante sensação de ter existido mil vezes por meio do desejo dos outros. E quando, anos mais tarde, acontece de cruzar com um homem que, um pouco emocionado, confessa com uma voz grave: "Levei um tempo pra te esquecer", ela tem uma imensa satisfação. Como se tudo não tivesse sido em vão. Como se um sentido tivesse, apesar dela, se imiscuído nessa eterna repetição.

Alguns se tornaram próximos dela, tocaram-na mais que outros. Adam, por exemplo, que gosta de chamar de amigo. Mesmo que o tenha conhecido em um site de encontros, sente-se próxima dele. Passa às vezes pela rue Bleue, fica de roupa e fuma um baseado com ele, na cama que lhe serve de escritório e de sala. Ela apoia a cabeça em seu braço e gosta muito dessa camaradagem franca. Ele nunca a repreendeu, nunca fez perguntas sobre sua vida. Não é inteligente, nem profundo, e isso lhe agrada.

Ela se apegou a alguns, teve dificuldade de perdê-los. Agora que repensa nisso, esse apego lhe parece vago, ela não entende mais nada. Na época, entretanto, nada além daquilo parecia importar. Era o caso de Vincent e, antes dele, de Olivier, que ela conheceu durante uma reportagem na África do Sul. Esperou notícias suas, como hoje espera as mensagens de Xavier. Quis que eles se consumissem por ela, que a amassem a ponto de perder tudo, ela, que nunca perdeu nada.

Hoje, ela poderia sair de cena. Descansar. Submeter-se ao destino e à escolha de Richard. Seria provavelmente de seu interesse parar agora, antes que tudo degringole, antes de não ter mais idade nem força. Antes de se tornar deplorável, de perder magia e dignidade.

É verdade que a casa é bonita.

Sobretudo o terraço, no qual precisaria plantar uma tília e instalar um banco, que deixaria apodrecer um pouco e cobrir-se de musgo. Longe de Paris, na casinha de interior, Adèle renunciaria àquilo que segundo ela a define de verdade, ao seu verdadeiro ser. Aquele mesmo que, porque ignorado por todos, é seu maior desafio. Ao abandonar essa parte de si mesma, ela será apenas aquilo que eles veem. Uma superfície sem fundo e sem avesso. Um corpo sem sombra. Não poderá mais dizer a si mesma: *Que pensem o que quiserem. De todo modo, eles não sabem.*

Na bela casa, à sombra da tília, ela não poderá mais evadir-se. Dia após dia, ela baterá contra si mesma. Fazendo a feira, lavando a roupa, ajudando Lucien com a lição de casa, ela precisará encontrar uma razão para viver. Algo além do prosaísmo, que desde o início a estrangulava e lhe fazia dizer que a vida em família era uma punição pavorosa. Ela teria vomitado sobre esses dias intermináveis, estando apenas juntos, alimentando-se uns aos outros, olhando-se dormir, disputando a banheira, procurando ocupações. Os homens a tiraram da infância. Extirparam-na dessa idade lamacenta, e ela trocou a passividade infantil pela lascívia das gueixas.

— Se você dirigisse, poderia ir buscar você mesma seu marido. Você seria até mais independente, não?

Lauren está exasperada. No carro, Adèle conta sobre sua noite. Não lhe diz tudo. Hesitante, acaba dizendo que precisa de dinheiro emprestado.

— Eu sabia que Richard guardava dinheiro em casa, mas não podia gastá-lo, entende? Vou te devolver muito em breve, prometo.

Lauren suspira e tamborila nervosamente sobre o volante.

— Está bem, está bem, vou te dar.

Richard as espera no quarto, com sua bolsa no colo. Está impaciente. Lauren cuida dos procedimentos administrativos e Adèle se contenta em segui-la, silenciosa e cansada, pelos corredores do hospital. Segura na mão o tíquete que precisa ser levado ao guichê de admissões e de saídas. Ela diz: "É nossa vez", mas não está falando com a mulher loira sentada atrás da mesa.

Quando entram no apartamento, Adèle baixa a cabeça. Poderia ter colocado flores na pequena secretária. Enchido a lava-louças. Comprado vinho ou cerveja. Um tablete daquele chocolate que Richard adora. Poderia ter pendurado os sobretudos que estão espalhados pelas cadeiras da sala, passado uma esponja na pia do banheiro. Ser atenciosa. Preparar uma surpresa. Estar pronta.

— Bom, vou comprar alguma coisa pro almoço — propõe Lauren.

— Não tive tempo de fazer compras. Eu me organizei mal, de verdade. Irei enquanto você estiver fazendo a siesta. Vou comprar tudo o que quiser, tudo do que tiver vontade. Você me diz, está bem?

— Isso não tem nenhuma importância. De toda forma, não estou com fome.

Adèle ajuda Richard a se acomodar no sofá. Ela segura o gesso na altura da panturrilha, levanta delicadamente a perna e a apoia sobre uma almofada. Ela coloca o par de muletas no chão.

Os dias passam e Richard não sai do lugar.

A vida volta a correr normalmente. Lucien volta para casa. Adèle retorna à redação. Ela gostaria de mergulhar no trabalho, mas se sente isolada. Cyril a recebe friamente.

— Você está sabendo que Ben Ali caiu enquanto você brincava de enfermeira? Eu deixei algumas mensagens, não sei se você as recebeu, mas no fim foi Bertrand quem foi enviado pra cobrir.

Ela se sente ainda mais isolada porque reina na redação uma atmosfera sentimental. Os dias passam e lhe parece que seus colegas não levantaram os olhos da tela da televisão instalada no meio da redação. Dia após dia, desfilam imagens da avenida Bourguiba lotada de gente. Uma multidão, jovem e barulhenta, celebra a vitória. Mulheres choram nos braços de soldados.

Adèle vira os olhos para a tela. Ela reconhece tudo. A avenida na qual caminhou tantas vezes. A entrada do hotel Carlton, onde ela fumava na varanda do último andar. O bonde, os táxis, os cafés onde ela pegava homens que cheiravam a tabaco e café com leite. Ela não tinha nada a fazer então, além de escutar a melancolia de um povo, medir o pulso átono do país de Ben Ali. Ela escrevia sempre as mesmas matérias, tristes de morrer. Resignadas.

Espantados, seus colegas levam a mão à boca. Retêm a respiração. Agora, é a praça Tahir que se inflama. "Fora, fora". Queimam-se bonecas de pano. Declamam-se poemas e fala-se em revolução. No dia 11 de fevereiro, às dezessete e três, o vice-presidente Souleiman anuncia a demissão de Hosni Mubarak. Os jornalistas gritam, se abraçam. Laurent vira o rosto para Adèle. Ele está chorando.

— É maravilhoso, não? Quando penso que você poderia estar lá. É realmente idiota esse acidente. Que azar.

Adèle dá de ombros. Levanta-se e veste o sobretudo.

— Você não vai ficar esta noite? Vamos seguir os acontecimentos ao vivo. Uma coisa assim só acontece uma vez em uma carreira!

— Não, estou indo. Preciso voltar pra casa.

Richard precisa dela. Ligou três vezes esta tarde. "Não esqueça meus remédios". "Lembre-se de comprar sacos de lixo". "Você volta quando?" Espera por ela, impaciente. Não consegue fazer nada sem ela.

De manhã, Adèle o despe. Faz deslizar a cueca pelo gesso e ele levanta os olhos para o céu, ruminando uma prece ou um insulto, de acordo com seu humor. Ela cobre o gesso com um saco de lixo que cheira a petróleo, enrola a coxa com fita adesiva e instala Richard no chuveiro. Ele se senta em uma cadeira de plástico e ela o ajuda a esticar a perna sobre um banquinho comprado no Monoprix especialmente para isso. Após dez minutos, ele grita "terminei!" e ela lhe dá uma toalha. Acompanha-o até a cama sobre a qual ele se estira, sem fôlego. Ela corta a fita adesiva, retira o saco plástico e o ajuda a colocar a cueca, a calça, os sapatos. Antes de ir para o trabalho, ela coloca sobre a mesa de centro uma garrafa d'água, pão, comprimidos para a dor e o telefone.

Durante a semana, ela fica tão cansada que adormece às vezes às dez horas, toda vestida. Ela finge não ver as caixas de papelão amontoadas na sala e na entrada. Faz como se a partida não se aproximasse. Como se não ouvisse seu marido lhe perguntar:

— Você falou com Cyril? Estou te lembrando de que precisa cumprir o aviso prévio.

Nos finais de semana, eles ficam os três, sozinhos, no apartamento. Adèle propõe convidar amigos para mudar os ares. Richard não quer ver ninguém.

— Não quero que ninguém me veja neste estado.

Richard está irascível, agressivo. Ele, normalmente tão comedido, tem ataques de cólera. Ela diz a si mesma que o acidente talvez o tenha perturbado mais do que ela pensava.

Um domingo, ela leva Lucien ao parque no alto de Montmartre. Eles se sentam na borda de um grande tanque de areia gélida. Ficam com as mãos geladas. Lucien se diverte esmagando os montinhos de areia que uma criança loira alinha conscienciosamente. A mãe da criança, com o telefone na orelha, se aproxima de Lucien e, sem parar a conversa, empurra-o para trás.

— Não, mas o que você está fazendo é péssimo! Deixe meu filho em paz. E não toque nos seus brinquedos.

Lucien volta para os braços da mãe, o olhar fixo no loirinho que chora, o nariz coberto de ranho.

— Venha, Lucien. Vamos pra casa.

Adèle se levanta, pega no colo seu filho, que chora e se recusa a partir. Ela contorna o tanque e, com a ponta da bota, esmaga o castelo do menino loiro e joga seus baldes de plástico do outro lado do parque. Ela não se volta quando a mãe, histérica, grita:

— Ei, você!

— Vamos pra casa, Lucien. Está frio demais.

Quando ela abre a porta, o apartamento está mergulhado no silêncio. Richard dormiu no sofá da sala e Adèle tira lentamente o casaco de Lucien, com um dedo pousado em seus lábios. Ela o coloca na cama. Deixa um bilhete na mesa de centro: "Vou fazer compras".

Boulevard de Clichy. Em frente à vitrine de um sex shop um velho num casaco impermeável sujo aponta, com o dedo, uma fantasia de *soubrette* em vinil vermelho. A vendedora, uma negra de seios enormes, consente e o convida a entrar. Adèle passa pelos turistas que riem diante das vitrines eróticas. Observa um casal de velhos alemães escolhendo um DVD.

Na frente de um *peep show,* uma loira gorda pena na chuva.

— Uma dancinha. Você não vai se decepcionar!

— Mas você está vendo que estou passeando com meu filho — responde um trintão, ultrajado.

— Não é um problema, você pode deixar o carrinho na entrada. Fico de olho nele enquanto você estiver lá dentro.

No terrapleno central, delinquentes esperam que alguém venha lhes confiar uma missão enquanto bebem grandes latas de cerveja ou vodca ruim. Escuta-se falar árabe, sérvio, wolof*, chinês. Casais passeiam com seus filhos em meio a grupos de beberrões e fazem uma cara alegre quando veem rodar patrulhas de polícia nas ciclovias.

Adèle entra no longo corredor forrado de veludo rosa, em cujas paredes há fotos de mulheres amarradas, a língua pendurada, as nádegas oferecidas aos passantes. Ela cumprimenta o vigia na entrada. Ele a conhece. Ela comprou maconha dele várias vezes e lhe deu o número de Richard quando sua irmã teve um câncer de estômago. Desde então, ele a deixa entrar sem pagar. De toda forma, ela apenas olha.

---

* Língua falada em algumas regiões da África, sobretudo no Senegal. (N.T.)

No sábado à noite, o lugar às vezes fica lotado por causa de despedidas de solteiro ou para celebrações de um contrato entre colegas ébrios. Esta tarde, há apenas três clientes, sentados em frente ao palquinho deplorável. Um negro, de idade um pouco avançada, muito magro. Um cinquentão, provavelmente do interior, que olha para o relógio para verificar se não vai perder seu trem. No fundo, um magrebino que, quando ela entra, lança-lhe um olhar enojado.

Adèle se aproxima do africano. Ela se inclina sobre ele. Ele vira os olhos em sua direção, o branco de seus olhos amarelos e vidrados, e sorri timidamente. Tem os dentes estragados. Ela fica de pé. Os olhos fixos em suas mãos calejadas, em sua braguilha entreaberta, em seu sexo úmido e venoso.

Ela ouve o outro resmungar. Sente-o suspirar pelas suas costas.

— *Hchouma**.

— O que você disse?

O velho árabe não levanta a cabeça. Ele continua a olhar de canto a dançarina, que lambe seus dedos e os coloca nos mamilos, gemendo.

— *Hchouma*.

— Eu te ouço, sabe. Entendo o que você diz.

Ele não reage.

O africano agarra Adèle pelo braço. Tenta acalmá-la.

— Me larga, você.

O velho se levanta. Tem um olhar ruim. As faces comidas por uma barba de três dias. Ele a examina, longamente. Observa seus sapatos exorbitantes, seu casaco masculino, sua pele clara. Sua aliança.

---

* Expressão em árabe, comum em alguns países do Magrebe, que significa "vergonha". (N.T.)

— *Tfou* — cospe ele.
Ele sai.

Na rua, Adèle está espantada. Tremendo de raiva. Já anoiteceu e ela enfia os fones nos ouvidos. Entra no supermercado, erra de prateleira em prateleira, a cesta vazia na mão. A própria ideia de comer a enoja. Ela pega qualquer coisa, entra na fila. Não tira os fones de ouvido. No momento de passar suas compras, aumenta o som. Olha para a jovem no caixa, suas luvas sem dedo carcomidas nas mãos, suas unhas cobertas de esmalte descascado. *Se ela falar comigo, vou chorar*. Mas a caixa não diz nada, acostumada com os clientes que não a cumprimentam.

As engrenagens empacaram. Uma inquietação atroz faz seu ninho dentro dela. Ela está de uma magreza apavorante, a pele literalmente esticada sobre os ossos. As ruas parecem assombradas por um exército de amantes. Ela se perde o tempo todo. Esquece de olhar para a rua ao atravessar e tem sobressaltos ao som das buzinas. Uma manhã, ela acreditou ver um antigo amante saindo da casa dela. Seu coração parou e ela pegou Lucien no colo, para esconder o rosto. Começou a andar rápido e na direção errada. Convencida de que estava sendo seguida, não parou de olhar para trás.

Em casa, ela teme o barulho da campainha, espia os passos na escada. Vigia a correspondência. Levou uma semana para cancelar o contrato do telefone branco, que ela nunca mais reencontrou. Tem dificuldades de tomar uma decisão, surpreendeu-se por ser sentimental. Ela os imagina, já, fazendo-a falar, contar sua vida, entrar nos mínimos detalhes. Imóvel, lento, Richard é um animal fácil de caçar. Eles irão encontrá-lo, contarão a ele. Quando ela sai do apartamento, fica toda vez com o estômago revirado. Volta atrás, teme ter esquecido alguma coisa, deixado alguma prova.

— Tudo bem, você não precisa de nada?

Ela vestiu o pijama no marido e no filho e os fez comer. Corre para fora, com o sentimento de dever cumprido e a necessidade de ser tomada. Não sabe por que Xavier insistiu em ir ao restaurante. Ela preferiria ir à rue du Cardinal-Lemoine, despir-se imediatamente, esgotá-lo. Não falar de nada.

— Tailandês ou russo?

— Russo, vamos beber vodca — responde Adèle.

Xavier não reservou, mas conhece o dono deste restaurante do 8e *arrondissement*, um refúgio de homens de negócios, prostitutas, estrelas de cinema e jornalistas da moda. Eles se acomodam em uma pequena mesa encostada à janela e Xavier pede uma garrafa de vodca. É a primeira vez que eles jantam juntos. Adèle sempre evitou comer na frente dele. Com ele.

Ela não abre o menu e o deixa escolher.

— Confio em você.

Ela mal toca na salada de lagostins e prefere resfriar os dedos contra a garrafa de vodca, envolvida em um bloco de gelo.

Sua garganta está queimando e o álcool faz *flop, flop* em seu estômago vazio.

— Senhora, deixe que eu sirva.

O garçom, contrito, se aproxima da mesa deles.

— Você poderia se sentar conosco, então.

Adèle ri e Xavier baixa os olhos. Ela o incomoda.

Eles não têm muito a dizer um ao outro. Adèle morde a parte interna das bochechas e procura um assunto. Pela primeira vez, Xavier fala de Sophie. Pronuncia seu nome e o das crianças. Diz que está envergonhado, que não sabe aonde tudo isso vai levá-los. Que não consegue mais mentir, que procurar desculpas o esgota.

— Por que você está falando dela?

— Você prefere que eu pense nisso e que não diga nada?

Xavier a enoja. Entendia-a. A história deles já está morta. É apenas um pedaço de tecido surrado que eles continuam puxando, como se fossem crianças. Foi usado demais.

Ela colocou um jeans cinza, bem justo, e sapatos de salto que está usando pela primeira vez. Sua camisa é decotada demais. Está vulgar. Quando saem do restaurante, Adèle tem dificuldade de andar. Dobra os joelhos como um filhote de girafa recém-nascido. Suas palmilhas escorregam e a vodca também a faz desequilibrar-se nos saltos. Ela bem que tenta segurar firmemente no braço de Xavier, mas tropeça em um degrau da calçada e cai no chão. Um passante se precipita em ajudá-la. Xavier faz um sinal para que se retire. Ele vai cuidar disso.

Ela está com dor, com uma vaga vergonha, mas ri como uma fonte da qual jorram jatos de água gelados. Ela arrasta Xavier para o hall de um prédio. Não o escuta dizer:

— Não, pare. Você está louca.

Ela se cola a ele, cobre seu rosto de beijos úmidos e desesperadores. Ele tenta tirar a mão que ela põe em sua braguilha. Tenta impedi-la de baixar suas calças, mas ela já está de joelhos e ele, com os olhos perdidos, dividido entre o prazer e o medo das pessoas que poderiam entrar. Ela se levanta, se encosta contra a parede e baixa, se retorcendo, o jeans justo demais. Ele entra nela, em seu corpo líquido, oferecido, generoso. Ela pousa nele seus olhos úmidos e, fingindo pudor, macaqueando a emoção, diz:

— Eu te amo. Te amo, você sabe.

Ela segura o rosto dele e, sob seus dedos, sente que ele cede. Que ela tem razão em seus escrúpulos. Que, como um rato atordoado pelo som da flauta, ele está pronto para segui-la até o fim do mundo.

— Outra vida é possível — sussurra ela. — Leve-me com você.

Ele se veste. Os olhos aveludados, as faces frescas.

— Até sexta. Meu amor.

Sexta ela vai lhe dizer que acabou tudo. Tudo, ele e o resto. Achará uma desculpa radical, algo contra o qual nenhum dos dois poderia lutar. Dirá que está grávida, que está doente, que Richard a deixou confusa.

Ela dirá que está começando uma vida nova.

— Olá, Richard.

— Sophie? Olá.

A mulher de Xavier permanece na soleira da porta. Está muito maquiada e segura nervosamente a alça de sua bolsa.

— Eu devia ter telefonado, mas precisaria explicar por quê, e não queria te impor isso por telefone. Posso passar outro dia se você preferir, eu...

— Não, não, venha, sente-se.

Sophie entra no apartamento. Ajuda Richard a deitar-se de novo. Apoia as muletas contra a parede e se acomoda à sua frente, na poltrona azul.

— É sobre Xavier.

— Sim?

— E Adèle.

— Sobre Adèle.

— Ontem à noite, íamos receber amigos pro jantar. Eles estavam atrasados e eu quis olhar minhas mensagens, pra ver se havia um problema. — Ela engole a saliva. — Eu tenho um telefone igual ao do Xavier. Ele o havia deixado sobre a mesa, na entrada, e o peguei. Eu me enganei, foi sem querer, te juro. Jamais poderia... Enfim, eu li. Uma mensagem de mulher. Bem explícita. Na hora, não disse nada. Esperei os convidados, servi o jantar. Aliás, a noite foi agradável, acho que ninguém suspeitou de nada. Quando eles foram embora, afrontei Xavier. Ele negou durante dez minutos. Fingiu que era uma paciente que o assediava, uma louca cujo nome ele nem sabia. E depois ele confessou tudo. Isso até o deixou aliviado, acho, porque eu não conseguia mais fazê-lo parar. Ele disse que não pode evitar, que é passional. Ele diz que está apaixonado por ela.

— Apaixonado por Adèle? — Richard explode num riso sardônico.

— Você não acredita em mim? Quer ver a mensagem? Eu a tenho aqui, se quiser.

Richard se inclina lentamente em direção ao telefone que Sophie lhe mostra e decifra a mensagem como uma criança, sílaba por sílaba. "Preciso tanto escapar. Estou sufocando sem você. Que quarta chegue logo."

— Eles combinaram de se encontrar na quarta-feira. Foi ele quem me falou dela. Ele que disse que era ela. Se você soubesse como ele fala, é...

Sophie explode em soluços. Richard quer que ela vá embora. Ela o impede de pensar. Impede-o de sentir dor.

— Ele sabe que você está aqui?

— Oh, não, não lhe disse nada. Isso o teria deixado louco. Nem eu sei o que estou fazendo aqui. Hesitei até o último momento, quase voltei atrás. É tão ridículo, tão humilhante.

— Não lhe diga nada. Nada mesmo. Por favor.

— Mas...

— Diga que ele tem de resolver essa história, romper. Ela não deve saber que eu sei. Principalmente.

— Está bem.

— Prometa.

— Prometo, Richard. É uma promessa, sim.

— E agora, você precisa ir.

— Claro. Oh, Richard, mas o que nós vamos fazer? O que vai acontecer conosco?

— "Nós"? Nós não vamos fazer nada. Não nos veremos nunca mais, Sophie.

Ele abre a porta.

— Você sabe, é preciso ter pena de Xavier. Perdoe-o, vá. Enfim, faça o que quiser, isso não me diz respeito.

Para uma criança, telefones com flip são muito divertidos. Eles acendem quando abertos. Podemos fechá-los e prender os dedos. Foi Lucien quem encontrou o telefone branco. Adèle tinha saído para comprar um banquinho para que Richard pudesse tomar banho. Ela ligou do Castorama.

— Aqui eles não têm, vou tentar no Monoprix.

Lucien brincava na sala, o telefone com flip na mão.

— De quem é esse telefone, querido? Onde você o achou?

— Onde? — repete o menino.

Richard pega o telefone de suas mãos.

— Alô? Alô? Vamos ligar pra mamãe?

Lucien ri.

Richard olha para o telefone. Um troço velho. Alguém pode ter esquecido aqui. Um amigo que passou. Lauren, ou até mesmo Maria, a *baby-sitter*. Ele o abre. Há uma foto de Lucien como fundo de tela. Uma foto de Lucien recém-nascido, dormindo no sofá, coberto com um colete de Adèle. Richard se apressa em fechá-lo.

Ele nunca fuçou nas coisas de sua mulher. Adèle lhe contou que, quando era adolescente, sua mãe tinha o costume de abrir sua correspondência e ler as cartas de seus namorados.

Enquanto estava em aula, a mãe fuçava nas gavetas da sua escrivaninha e, uma vez, ela havia encontrado, sob o colchão, o ridículo diário íntimo que Adèle mantinha. Havia quebrado o cadeado com a ponta de uma faca e lido o conteúdo, na mesma noite, durante o jantar. Ela ria até romper a mandíbula. Grandes lágrimas, zombeteiras e gordas, corriam pelas suas faces.

— Não é ridículo? Fala, Kader, não é ridículo?

Kader não havia dito nada. Mas também não rira.

Para Richard, esse episódio explicava em parte o caráter de Adèle. Sua preocupação em arrumar tudo, sua obsessão por fechaduras. Sua paranoia. Ele se dizia que era por essa razão que ela dormia com a bolsa colada do seu lado da cama, o caderno preto sob o travesseiro.

Ele olha para o telefone. Sobre a foto de Lucien, aparece a frase "mensagem não lida". Um envelope amarelo pisca. Richard levanta o braço para escapar de Lucien, que quer pegar o brinquedinho.

— Quero o telefone! Quero alô!

Richard lê a mensagem. Esta e as seguintes. Volta à agenda. Faz desfilar a lista atordoante de nomes masculinos.

Adèle não vai demorar. É só nisso que ele pensa. Ela vai voltar e ele não quer que ela saiba.

— Lucien, onde você achou o telefone?

— Onde?

— Onde, querido, onde estava o telefone?

— Onde? — repete a criança.

Richard o segura pelos ombros e o sacode, gritando:

— Onde ele estava, Lulu? Onde esse telefone estava?

— Lá. Baixo.

— Embaixo?

Lucien balança a cabeça. Richard se apoia sobre as mãos e se joga no chão. O gesso bate contra o piso. Ele se deita, vira a cabeça e vê, sob o sofá, envelopes, uma luva de couro rosa e a caixa laranja.

O broche.

Ele apanha as muletas e faz a joia deslizar até ele. Transpira. Está com dor.

— Lucien, venha, vamos brincar. Você está vendo, papai está no chão, vamos brincar de caminhão. Você quer? Quer brincar comigo?

Ele dorme com ela. Olha-a comer. Ouve o barulho da água quando ela toma banho. Liga para o escritório. Faz observações sobre suas roupas, seu cheiro. Todas as noites, ele pergunta, com uma voz deliberadamente irritante:

— Quem você encontrou? Você fez o quê? Voltou tarde, hein?

Ele se recusou a esperar o final de semana para montar as caixas de papelão e sabe que isso a deixa maluca. Que ela teme, dia após dia, que ele encontre, apesar de suas infinitas precauções, um documento, uma prova, uma falha. Ele assinou o compromisso de compra e venda da casa e Adèle rubricou os documentos. Ele contratou a mudança e pagou o sinal. Cuidou da matrícula de Lucien na escola.

Ele não disse nada sobre sua descoberta.

Ele entra no quarto enquanto ela se veste e nota os arranhões na base de seu pescoço. O roxo, logo acima do cotovelo, a forma de um polegar que a segurou e ali ficou. Ele fica de pé na porta entreaberta, pálido, a mão crispada sobre a muleta. Ele a olha se esconder sob a grande toalha cinza, colocar a calcinha como uma menininha.

À noite, deitado contra ela, ele pensa nos compromissos. Nos arranjos. No de seus pais, do qual ninguém jamais falou, mas que ninguém ignora. Em Henri, que havia alugado um pequeno apartamento na cidade, onde encontrava toda sexta-feira à tarde uma mulher de trinta anos. Odile havia descoberto. Eles discutiram na cozinha. Uma discussão franca, quase emocionante, da qual Richard havia escutado algumas partes, lá do seu quarto de adolescente. Eles haviam se arranjado, para a felicidade de seus filhos, para manter as aparências. Henri acabara por abandonar sua *garçonnière* e Odile o havia acolhido, triunfante e digna, no seio familiar.

Richard não diz nada. Não tem ninguém com quem se confidenciar. Ninguém cujo olhar ele poderia suportar, em sua cara de corno, de marido ingênuo. Não tem vontade de ouvir nenhum conselho. Não quer, sobretudo, inspirar piedade.

Adèle estraçalhou o mundo. Serrou os pés dos móveis, riscou os espelhos. Estragou o gosto das coisas. As lembranças, as promessas, tudo isso não vale nada. A vida deles é uma piada de mau gosto. Ele tem por si mesmo, ainda mais do que por ela, um profundo desgosto. Vê tudo com um olhar novo, um olhar triste e sujo. Se ele não dissesse nada, talvez ficasse por isso mesmo. Que importância têm, no fundo, as fundações pelas quais ele suou tanto. Que importância tem a solidez da vida, a santa franqueza e a abominável transparência. Talvez, se ele se calar, vai ficar por isso mesmo. Basta provavelmente fechar os olhos. E dormir.

Mas quarta-feira chega e ele não aguenta. Às dezessete horas, ele recebe uma mensagem de Adèle. Ela lhe diz que o fechamento se anuncia complicado e que ela vai trabalhar até tarde. Ele escreve, sem pensar: "Você precisa voltar. Estou muito mal. Preciso de você". Ela não responde.

Às dezenove horas, ela abre a porta do apartamento. Evita pôr seus olhos vermelhos em Richard e lhe pergunta, irritada:

— O que está acontecendo? Você está com muita dor?

— Sim.

— Você tomou seus remédios, não tomou? O que mais eu posso fazer?

— Nada. Nada mesmo. Eu queria que você estivesse aqui. Não queria ficar sozinho.

Ele abre os braços e faz um sinal para ela se sentar ao seu lado no sofá. Ela se aproxima, rígida e glacial, e ele a abraça, quase como se fosse estrangulá-la. Ele sente que ela treme, que olha para o vazio, e a segura contra ele, borbulhando de raiva. Nos braços um do outro, eles queriam estar em outro lugar. Seus desgostos se misturam, e essa ternura falsa toma o aspecto de uma aversão. Ela tenta se desvencilhar e ele a aperta ainda mais. Em seu ouvido, ele diz:

— Você nunca usa seu broche, Adèle.

— Meu broche?

— O broche que eu te dei. Você nunca usou.

— Desde o acidente eu não tive realmente a oportunidade.

— Coloque-o, Adèle. Gostaria muito que você o usasse.

— Vou usar da próxima vez que sairmos, prometo. Ou talvez mesmo amanhã, pra ir ao escritório, se você quiser. Deixe-me levantar, Richard. Vou preparar o jantar.

— Não, fique sentada. Fique aqui — intima ele.

Ele segura seu braço e o aperta com os dedos.

— Você está me machucando.

— Você não gosta disso?

— O que deu em você?

— Xavier não faz isso? Vocês não brincam desses joguinhos?

— Do que você está falando?

— Ah, vá, pare. Você me dá nojo. Se eu pudesse, te mataria, Adèle. Eu te estrangularia, aqui.

— Richard.

— Cale a boca. Sobretudo, cale a boca. Tua voz me repugna. Teu cheiro me repugna. Você é um animal, um monstro. Eu sei de tudo. Li tudo. Aquelas mensagens imundas. Encontrei os e-mails, reconstituí tudo. Tudo desfila na minha cabeça, não tenho mais nenhuma lembrança que não esteja associada às tuas mentiras.

— Richard.

— Pare! Pare de pronunciar meu nome como uma idiota! — grita ele. — Por que, Adèle? Por quê? Você não tem nenhum respeito por mim, pela nossa vida, pelo nosso filho? — Richard começa a soluçar. Põe as mãos trêmulas sobre as pálpebras.

Adèle se levanta. Vê-lo chorar a petrifica.

— Não sei se você consegue entender. Se pode acreditar em mim. Não é contra você, Richard, nunca foi. Isso eu garanto. Não consigo evitar. É mais forte do que eu.

— Mais forte que você. Mas o que é que eu preciso escutar. Quem sabe?

— Ninguém, eu garanto.

— Pare de mentir! Você não acha que já fez estragos o suficiente? Não minta.

— Lauren — murmura ela. — Somente Lauren.

— Eu nunca mais vou acreditar em você. Nunca mais — ele tenta apanhar suas muletas, levantar-se, mas está tão nervoso que sua perna treme e ele cai novamente no sofá, impotente. — Você sabe o que mais me enoja? É depender de você. É de não poder nem mesmo te dizer pra cair fora, nem mesmo poder me levantar pra bater em você, pra jogar tuas coisas na tua cara, pra te chutar pra fora como a cadela que você é. Você está chorando? Pode chorar, não tenho mais nada a fazer. Eu, que nunca suportei tuas lágrimas, estou com vontade de arrancar teus olhos. Mas o que é que você fez de mim? O que essa história faz de mim? Um idiota, um corno, um pobre coitado. Você sabe o que me doeu mais? Este caderno preto. Sim, o caderno preto na tua escrivaninha. Eu li o que você escrevia, sobre teu tédio, essa vida de burguesa de merda. Você não só é comida por um exército, mas ainda despreza tudo o que construímos. Tudo o que eu construí, eu, trabalhando como um cão pra que você tivesse tudo de que precisasse. Pra que não precisasse se preocupar com nada. Você acha que eu não sonho com algo além desta vida? Você acha que não tenho sonhos, não tenho vontade de fugir? Que eu também não sou romântico, como você diz? Sim, chore. Chore até se esgoelar. Podem dizer qualquer coisa, você pode achar todas as explicações do mundo, você é uma vadia, Adèle. Um verdadeiro lixo.

Adèle escorrega contra a parede. Ela soluça.

— O que você achava, hein? Que poderia se safar? Que eu não me daria conta jamais de nada? A gente sempre acaba pagando pelas mentiras, sabe? E você, você vai pagar. Vou contratar o melhor advogado de Paris, vou tirar tudo de você. Não vai te restar nada. Se você acha que terá a guarda de Lucien, está enganada. Não verá mais o teu filho, Adèle. Pode acreditar em mim, vou mantê-lo longe de você.

Quando fazem amor, os homens olham para seu próprio sexo. Apoiam-se sobre os braços, viram a cabeça e observam seu pênis penetrando a mulher. Asseguram-se de que ele funciona. Ficam alguns segundos apreciando esse movimento, regozijando-se, talvez, com esta mecânica, tão simples e tão eficaz. Adèle sabe bem que há também uma forma de excitação nessa autocontemplação, nesse voltar-se a si mesmo. E que não é apenas o sexo deles, mas também o seu, que eles contemplam.

Adèle olhou muitas vezes para o ar. Escrutou dezenas de tetos, seguiu os volteios dos relevos, acompanhou o balanço dos lustres. Deitada de costas, de lado, com os pés sobre os ombros de um homem, Adèle levantou os olhos. Detalhou a rachadura de uma pintura descascada, constatou um vazamento, contou estrelas de plástico, uma vez, numa sala que servia de quarto de criança. Durante horas, fixou o vazio dos tetos. Às vezes uma sombra, ou a projeção de um luminoso, vinham libertar seu olhar, oferecer-lhe uma recreação.

Desde que Lucien entrou de férias, Adèle desenrola um colchão de espuma na passagem das tílias. Ela prepara um piquenique, depois eles fazem uma siesta sob a sombra das árvores. Lucien se deita contra ela e adormece, fazendo-a prometer que no dia seguinte farão novamente a siesta do lado de fora. Os olhos plenos de céu, as pupilas amarrotadas pelo ligeiro movimento das folhas, Adèle promete.

— Christine? Christine, você está me escutando? — grita Richard.

A secretária, uma loira com cara de coruja albina, entra no escritório.

— Desculpe, doutor, estava procurando o dossiê da senhora Vincelet.

— Você poderia ligar pra minha mulher? Não consigo falar com ela.

— Ligo pra casa de vocês, doutor?

— Sim, por favor, Christine. E pro celular também.

— Talvez ela tenha saído. Com esse tempo magnífico...

— Ligue pra ela, Christine, por favor.

O escritório de Richard se situa no primeiro andar da clínica, em pleno centro. Em poucos meses, o doutor Robinson seduziu um grupo fiel de pacientes, que apreciam sua dedicação e competência. Ele faz consultas três dias por semana e opera às quintas e sextas de manhã.

São onze horas e a manhã foi particularmente carregada. Richard não disse à mãe do pequeno Manceau, mas os sintomas que seu filho apresenta são muito preocupantes. Ele tem intuição para essas coisas. E, depois, o senhor Gramont não queria descolar da poltrona. Richard bem que repetiu que não era dermatologista, mas ele insistiu em mostrar-lhe suas pintas, sustentando, com autoridade, que todos os médicos são ladrões e que ele não se deixaria enganar.

— Ela não atende, doutor. Deixei uma mensagem, pedi que ela ligasse pro senhor.

— Como ela não atende? Não é possível! Merda!

A coruja gira seus olhos redondos.

— Eu não sabia, o senhor não havia me dito...

— Desculpe, Christine. Dormi muito mal. O senhor Gramont passou dos limites. Não sei o que estou dizendo. Peça pro próximo paciente entrar, vou lavar as mãos.

Ele se inclina sobre a pia e mergulha as mãos sob a água fria. Sua pele está seca e coberta de casquinhas, de tanto que é lavada. Ele faz espuma com o sabonete, esfrega freneticamente as mãos, virando uma sobre a outra.

Ele se senta, o braço no apoio da poltrona, as pernas tesas. Lentamente, ele dobra os joelhos, que, seis meses após o acidente, lhe parecem ainda enferrujados. Ele sabe que ainda manca um pouco, mesmo que todo mundo diga que não dá para ver. Seu passo é lento, intranquilo. À noite, ele sonha que está correndo. Sonhos de cachorro.

Ele mal escuta a paciente que acaba de sentar à sua frente. Uma mulher de cinquenta anos, ansiosa, penteada com um coque para mascarar a calvície. Ele a convida a deitar na mesa de exame e coloca as mãos em seu abdômen.

— Aqui dói?

Ele não percebe que ela fica decepcionada quando ele diz:

— Está tudo bem, nada de grave.

Às quinze horas, ele deixa a clínica. Dirige muito rápido pela estrada cheia de curvas. Na entrada da casa, o carro derrapa nas pedras. Ele precisa tentar duas vezes. Recua, pega impulso e acelera para entrar no jardim.

Adèle está deitada na grama. Lucien brinca ao seu lado.
— Eu te liguei muitas vezes. Por que você não atende?
— A gente dormiu.
— Eu achei que tinha acontecido alguma coisa com você.
— Não.
Ele estende a mão e a ajuda a se levantar.
— É hoje à noite que eles vêm jantar.
— Oh, você não quer desmarcar? Vamos ficar só os três, vai ser muito melhor.
— Não, não podemos desmarcar no último momento. Isso não se faz.
— Você precisa então me levar pra fazer compras. Não posso andar até lá. É longe.
Ela entra na casa. Ele a ouve bater uma porta.
Richard se aproxima do filho. Passa a mão pelos seus cabelos cacheados, segura-o pela cintura.
— Você ficou com a mamãe, hoje? O que vocês fizeram, conte pra mim.
Lucien tenta escapar do seu abraço, não responde, mas Richard insiste. Ele olha carinhosamente para o pequeno espião e faz de novo a pergunta:
— Vocês brincaram? Fizeram desenhos? Lucien, conte-me o que vocês fizeram.

Adèle instalou a mesa no jardim, à sombra da árvore de mirabelas. Trocou a toalha duas vezes e colocou um arranjo no centro, com flores do jardim. As janelas da cozinha estão abertas, mas o ar está queimando. Lucien está sentado no chão, aos pés da mãe. Ela lhe deu uma pequena tábua e uma faca de plástico e ele corta uma abobrinha cozida em pedacinhos bem pequenos.

— É assim que você vai se vestir?

Adèle usa um vestido azul, com estampa florida, cujas alças finas se cruzam nas costas, revelando seus ombros e seus braços magros.

— Você se lembrou dos meus cigarros?

Richard tira um maço do bolso. Abre-o e entrega um cigarro a Adèle.

— Vou guardá-lo aqui — diz ele, dando tapinhas na calça.
— Vai incentivá-la a fumar menos.

— Obrigada.

Eles se sentam no banco que Richard mandou instalar contra a parede externa da cozinha. Adèle fuma seu cigarro em silêncio. Lucien replanta conscienciosamente a abobrinha cozida na terra. Eles observam a casa dos Verdon.

No início da primavera, um casal chegou deste lado da colina. O homem, no início, foi e voltou várias vezes para visitar a casa. Da janela do pequeno escritório, Adèle podia vê-lo discutindo com Émile, o jardineiro, com o senhor Godet, o corretor imobiliário, depois com os empreiteiros encarregados de eventuais reformas. É um homem na casa dos cinquenta, muito bronzeado, atlético. Usava uma malha de cor viva e tinha provavelmente comprado aquelas botas de plástico novas especialmente para a ocasião.

Num sábado, um caminhão estacionou na pequena estrada ascendente que até então os Robinson eram os únicos a usar. Adèle e Richard, sentados no banco, observaram o casal se instalar na casa.

— São parisienses. Só vêm aos finais de semana — precisou Richard.

Foi ele quem foi ao encontro deles, um domingo à tarde. Segurava Lucien pela mão, atravessou a rua e se apresentou. Propôs ajudá-los. Dar uma olhada na casa de tempos em tempos. Ligar para eles em caso de problema. E, ao ir embora, convidou-os para jantar.

— Avisem-me quando souberem em que final de semana estarão aqui. Eu e minha mulher ficaremos felizes em recebê-los.

— O que eles fazem da vida?
  — Ele é oculista, acho.

Os Verdon atravessam a rua. A mulher segura uma garrafa de champanhe na mão. Richard se levanta, passa o braço em torno da cintura de Adèle e os cumprimenta. Lucien agarrou-se à perna da mãe. Enfia o nariz em sua coxa.

— Olá, você — a mulher se inclina em direção à criança. — Você não me diz oi? Eu me chamo Isabelle. E você, como se chama?

— Ele é tímido — desculpa-se Adèle.

— Oh, não se preocupe. Eu tive três, sei como é. Aproveite! Os meus recusam-se a sair de Paris. Passar os finais de semana com os pais velhos não lhes interessa mais, na verdade.

Adèle vai até a cozinha. Isabelle segue seu passo, mas Richard a retém.

— Venha se sentar. Ela não gosta que entrem em sua cozinha.

Adèle os escuta falar de Paris, da loja de Nicolas Verdon no 17º *arrondissement* e do trabalho de Isabelle, em uma agência de publicidade. Ela parece mais velha que seu marido. Fala alto, ri muito. Mesmo estando no campo, em pleno verão, ela usa uma elegante blusa de seda preta. Até colocou brincos. Quando Richard tenta lhe servir uma taça de *rosé*, ela coloca delicadamente sua mão sobre o copo.

— Pra mim está bom. Corro o risco de ficar meio alta.

Adèle vem se sentar ao lado deles, arrastando Lucien atrás de si.

— Richard estava nos contando que vocês trocaram Paris pelo campo — entusiasma-se Nicolas. — Vocês estão bem aqui. A terra, as pedras, as árvores, só coisas verdadeiras. Tudo o que sonho pra minha aposentadoria.

— Sim. Esta casa é maravilhosa.

Eles todos olham em direção à alameda de tílias que Richard mandou plantar, duas a duas, uma de frente para a outra. O sol atravessa as folhas e espalha pelo jardim uma luz fosforescente, cor de água mentolada.

Richard fala de seu trabalho, do que ele chama de "sua visão da medicina". Ele conta histórias de pacientes, histórias engraçadas e emocionantes que ele nunca conta a Adèle e que ela escuta com os olhos baixos. Ela queria que os convidados fossem embora e que eles ficassem ali, só os dois, no frescor da noite. Que eles acabassem, mesmo em silêncio, mesmo um pouco irritados, a garrafa de vinho sobre a mesa. E que subissem, um atrás do outro, para deitar.

— Você trabalha, Adèle?

— Não, mas eu era jornalista em Paris.

— E não sente falta?

— Trabalhar quarenta horas por semana pra ganhar o mesmo salário da babá, não sei se isso é invejável — interrompe Richard.

— Me dá um cigarro?

Richard tira o maço de seu bolso e coloca-o sobre a mesa. Ele bebeu muito.

Eles comem sem apetite. Adèle é uma má cozinheira. Mesmo que os convidados façam elogios, ela sabe que a carne passou do ponto e que os legumes estão sem gosto. Isabelle mastiga lentamente, o rosto crispado, como se tivesse medo de engasgar.

Adèle fuma sem parar. Seus lábios estão azulados pelo tabaco. Ela levanta as sobrancelhas quando Nicolas lhe pergunta:

— Então, Adèle, você, que é do meio, o que acha sobre a situação no Egito?

Ela não lhe diz que não lê mais os jornais. Que não liga a televisão. Que até desistiu de ver filmes. Tem medo demais das histórias de amor, das cenas de sexo, dos corpos nus. Está nervosa demais para suportar a agitação do mundo.

— Não sou especialista em Egito, mas ainda assim...

— Porém — corrige Richard.

— Sim, porém, trabalhei muito na Tunísia.

A conversa se torna comum, se atenua, fica mais lenta. Uma vez esgotados todos os assuntos que desconhecidos podem abordar sem risco, eles não têm mais nada para dizer. Ouvem-se barulhos de garfos e de deglutição. Adèle se levanta, o cigarro colado aos lábios, um prato em cada mão.

— O ar livre cansa — os Verdon repetem a brincadeira três vezes e acabam partindo, quase empurrados por Richard, que acena para eles, de pé, no caminho de pedras. Ele os olha entrando na casa deles, perguntando-se que segredos, que falhas pode esconder esse casal tedioso.

— O que achou deles? — pergunta a Adèle.

— Não sei. Gentis.

— E ele? O que achou dele?

Adèle não tira os olhos da pia.

— Eu te disse. Achei-os gentis.

Adèle sobe para o quarto. Pela janela, vê os Verdon fechando as venezianas. Ela deita e não se mexe mais. Espera-o.

Nenhuma vez eles dormiram separados. À noite, Adèle escuta sua respiração, seus roncos, todos esses barulhos roucos que fazem parte da vida a dois. Ela fecha os olhos e se apequena. O rosto na beira da cama, a mão no vazio, ela não ousa se virar. Ela poderia desdobrar um joelho, esticar o braço, fingir que está dormindo e roçar a pele dele. Mas ela não se mexe. Se ela o tocasse, mesmo por inadvertência, ele poderia enfurecer-se, mudar de ideia, expulsá-la de casa.

Quando está segura de que ele dorme, Adèle se vira. Ela olha para ele, na cama que treme, neste quarto onde tudo lhe parece frágil. Mais nenhum gesto, nunca mais, será inocente. Disso, ela tira um terror e uma alegria imensos.

Quando era residente, Richard fez um estágio na emergência do Pitié-Salpêtrière. O tipo de estágio no qual repetem que "aqui se aprende muito sobre a medicina e sobre a natureza humana". Richard tratava, sobretudo, casos de gripe, acidentados no trânsito, vítimas de agressão, mal-estares por queda de pressão. Ele pensava que veria casos que saíam do comum. O estágio revelou-se de um tédio profundo.

Ele se lembra muito bem do homem que deu entrada aquela noite. Um mendigo cujas calças estavam sujas de fezes. Ele tinha os olhos revolvidos, espuma nos lábios, e seu corpo sacudia com tremores.

— Ele está convulsionando? — havia perguntado Richard ao chefe de serviço.

— Não. Está em abstinência. *Delirium tremens*. Delírio alcoólico.

Quando param de beber, os alcoólatras severos caem numa crise de abstinência de uma violência insustentável. "Três a cinco dias após parar a bebida, o doente começa a ter alucinações vivas, em geral visuais e associadas a animais rastejantes, mais comumente a serpentes ou ratos. Fica num estado de extrema desorientação, sofre de delírio paranoico, é vulnerável à agitação. Alguns ouvem vozes, outros têm crises de epilepsia. Quando não são tratados, pode haver morte súbita. Sendo as crises frequentemente piores à noite, o paciente precisará de companhia".

Richard vigiou o mendigo, que batia a cabeça contra a parede e agitava os braços no ar para espantar alguma coisa. Ele o havia impedido de se machucar, havia administrado calmantes. Impassível, ele havia cortado a calça suja e esfregado o corpo do mendigo. Havia limpado seu rosto e cortado a barba, na qual havia vômito seco grudado. Até havia lhe dado um banho.

De manhã, quando o paciente havia recuperado a pouca razão que lhe restava, Richard tinha tentado explicar-lhe:

— Não se deve parar desse jeito. É muito perigoso, você vê. Eu sei, você talvez não tenha tido escolha, mas há métodos, protocolos pra pessoas na sua situação.

O homem não olhava para ele. O rosto violeta e inchado, o olho comido por uma icterícia, ele era de tempos em tempos sacudido por um arrepio, como se um rato tivesse acabado de correr pelas suas costas.

Após quinze anos de prática, o doutor Robinson pode dizer que conhece o corpo humano. Que nada o repugna, nada o amedronta. Ele sabe desvendar os sinais, confirmar os indícios. Encontrar soluções. Sabe até mesmo medir a dor, ele, que pergunta aos pacientes:

— Em uma escala de um a dez, você diria que sofre quanto?

Ao lado de Adèle, ele tem o sentimento de ter vivido com uma doente sem sintomas, de ter acompanhado um câncer dormente, que rói e não diz seu nome. Quando se mudaram para a casa, ele esperou que ela caísse. Que se agitasse. Como qualquer toxicômano privado de sua droga, estava convencido de que ela perderia a razão, e preparou-se para isso. Ele disse a si mesmo que saberia o que fazer se ela ficasse violenta, se o cobrisse de golpes, se começasse a gritar à noite. Se ela se escarificasse, se enfiasse uma faca sob as unhas. Ele reagiria como um cientista e lhe prescreveria remédios. Ele a salvaria.

A noite em que a enfrentou, estava desarmado. Não havia tomado nenhuma decisão sobre o futuro deles. Queria apenas se desfazer de seu fardo, vê-la desmoronar sob seus olhos. Sob choque, embasbacado, ele ficou furioso com a passividade de Adèle. Ela não se justificou. Não tentou se justificar nem uma vez. Parecia uma criança, aliviada por terem descoberto seu segredo e pronta para enfrentar sua punição.

Ela serviu-se uma bebida. Fumou um cigarro e disse:
— Farei o que você quiser.
Depois, gaguejou:
— Sábado é o aniversário de Lucien.

E ele se lembrou. Odile e Henri viriam a Paris. Clémence, os primos e vários amigos foram avisados havia semanas. Ele não tinha coragem de cancelar tudo. Sentia que isso era ridículo. Que, diante de uma vida que desmorona, esse tipo de preocupação mundana não deveria ter nenhuma importância. Mas ele se agarrava a isso, como a uma tábua de salvação.

— Vamos fazer a festa de aniversário e depois veremos.

Ele havia lhe dado instruções. Não queria vê-la fazendo cara feia ou chorando. Deveria estar sorridente, alegre, perfeita.

— Você é tão talentosa pra iludir as pessoas.

A ideia de que alguém descobrisse, soubesse, era suficiente para provocar nele uma crise de angústia. Se Adèle devia deixar o lar familiar, eles precisariam encontrar uma explicação, montar um roteiro banal. Dizer que eles não se entendiam mais e pronto. Ele a fez jurar que não iria confidenciar-se com ninguém. E que jamais pronunciaria o nome de Lauren em sua presença.

No sábado, eles encheram os balões em silêncio. Decoraram o apartamento e Richard fez um esforço sobre-humano para não gritar com Lucien, que corria como um louco de um cômodo para outro. Não respondeu a Odile, que se espantou que ele estivesse bebendo tanto em pleno meio da tarde.

— É um lanche pra crianças, não?

Lucien estava feliz. Às dezenove horas, ele dormiu, todo vestido, no meio de seus novos brinquedos. Os dois ficaram a sós. Adèle veio até ele, sorridente, o olhar iluminado.

— Tudo correu bem, não?

Deitado no sofá, ele olhou-a arrumar a sala e sua calma pareceu-lhe monstruosa. Não podia mais suportá-la. O menor gesto o irritava. Sua maneira de colocar uma mecha de cabelo atrás da orelha. Sua língua sobre o lábio inferior. Sua mania de jogar brutalmente a louça na pia, de fumar sem parar. Não via nenhum charme, nenhum interesse nela. Tinha vontade de bater nela, de vê-la desaparecer.

Ele se aproximou dela e disse, com um tom firme:

— Pegue as tuas coisas. Vá embora.

— O quê? Agora? E Lucien? Eu nem lhe disse tchau.

— Saia daqui — ele berrou.

Ele lhe deu golpes com as muletas e a arrastou até o quarto. Jogava massivamente as coisas em uma mala, sem dizer uma palavra, com o olhar resoluto. Foi até o banheiro e, com um único gesto, jogou todos os produtos e perfumes dela em uma bolsa. Pela primeira vez, ela implorou. Jogou-se sobre seus joelhos. Jurou, com o rosto inchado e cheio de lágrimas, a voz cortada pelos soluços resfolegantes, que sem eles ela morreria. Que não sobreviveria à perda de seu filho. Disse que estava pronta para fazer qualquer coisa para ser perdoada. Que ela queria se curar, que daria qualquer coisa por uma segunda chance ao seu lado.

— Essa outra vida, isso não era nada pra mim. Nada.

Ela disse que o amava. Que jamais nenhum homem contara para ela. Que ele era o único com quem ela queria viver.

Ele acreditava ser suficientemente forte para jogá-la na rua, sem dinheiro, sem trabalho, sem outro recurso senão voltar para a casa da mãe, para o apartamento lúgubre de Boulogne-sur-Mer. Por um minuto, ele se sentiu até mesmo totalmente capaz de responder a Lucien quando ele fizesse perguntas. "Mamãe está doente. Precisa viver longe de nós para ficar melhor". Mas ele não conseguiu. Não pôde abrir a porta, tirá-la de sua vida. Suportar a ideia que ela pudesse existir em outro lugar. Como se sua cólera não fosse suficiente. Como se ele tivesse vontade de entender o que os teria levado, um e o outro, a uma loucura similar.

Ele jogou a mala no chão. Fixou seus olhos suplicantes, seus olhos de besta capturada, e sacudiu a perna para impedi-la de se agarrar a ele. Ela caiu, como um peso morto, e ele saiu. Fazia um frio atroz, mas ele não sentia nada. Agarrado às suas muletas, ele desceu lentamente a rua até o ponto de táxi. O taxista ajudou-o a acomodar a perna engessada no banco de trás. Richard lhe deu uma nota e pediu-lhe para andar.

— E desligue a música, por favor.

Eles margearam os cais e atravessaram as pontes, de uma margem à outra, num interminável zigue-zague. Ele rodava com a dor ao seu encalce. Tinha o sentimento de que, se parasse por um instante de avançar, seria aniquilado pela tristeza, incapaz de fazer um gesto, de respirar. O motorista acabou deixando-o perto da estação Saint-Lazare. Richard entrou em uma *brasserie*. O salão estava cheio de gente, de casais de velhos que saíam do teatro, de turistas barulhentos, de mulheres divorciadas em busca de uma nova vida.

Ele poderia ter chamado alguém, chorado no ombro de um amigo. Mas como poderia contar? O que poderia dizer? Adèle acredita provavelmente que é por vergonha que ele não diz a ninguém. Que ele prefere manter as aparências a buscar o apoio de uma compaixão amigável. Ela deve pensar que ele tem medo de se passar por um corno, por um homem humilhado. Mas ele pouco se importa com a forma como vão olhá-lo. Ele teme o que vão dizer dela, a forma como a reduzirão, como a classificarão. Como irão caricaturar sua tristeza. O que ele mais teme é que lhe imponham uma decisão, que digam, com um ar seguro: — Nessas condições, Richard, você só pode deixá-la. — Falar tornaria as coisas irreversíveis.

Ele não falou com ninguém. Sozinho, fitou seu copo durante horas. Durante tanto tempo que nem percebeu que o salão tinha se esvaziado, que eram duas da manhã e que o velho garçom de avental branco esperava que ele pagasse e fosse embora.

Ele voltou para casa. Adèle dormia na cama de Lucien. Tudo estava normal. Horrivelmente normal. Ele não se conformava em conseguir viver.

No dia seguinte, seu diagnóstico estava feito. Adèle estava doente, iria se tratar.

— Vamos achar alguém. Ele vai cuidar de você.

Dois dias depois, ele a arrastou até um laboratório médico e a fez realizar dezenas de exames de sangue. Quando recebeu os resultados, que eram todos bons, ele concluiu:

— Você teve muita sorte.

Ele fez perguntas. Milhares de perguntas. Não lhe deu nem um minuto de pausa. Acordou-a em plena noite para confirmar uma suspeita, para pedir-lhe detalhes. Estava obcecado pelas datas, pelas coincidências, pela confrontação de informações. Ela repetia:

— Não me lembro, te garanto. Isso nunca teve importância pra mim.

Mas ele queria saber tudo sobre esses homens. Seus nomes, suas idades, suas profissões, os lugares onde ela os conheceu. Queria saber quanto tempo duraram suas aventuras, onde eles se encontraram, o que eles haviam vivido.

Ela acabou cedendo e contou, no escuro, de costas para ele. Ela tinha as ideias claras, exprimia-se com precisão e sem afetos. Às vezes, ela entrava em detalhes sexuais, mas era ele quem interrompia. Ela dizia:

— No entanto, trata-se apenas disso.

Ela tentava lhe explicar o desejo insaciável, a pulsão impossível de conter, a aflição de não conseguir pôr fim. Mas o que o obcecava era que ela pudesse ter abandonado Lucien por uma tarde inteira para encontrar um amante. Que tivesse inventado uma urgência profissional para desmarcar férias em família e trepar dois dias inteiros em um hotel deplorável na periferia. O que o revoltava e o fascinava ao mesmo tempo era a facilidade com que ela havia mentido e levado essa dupla vida. Ele se deixou enganar. Ela o manipulou como um fantoche vulgar. Talvez tenha até rido, às vezes, ao voltar para casa, o ventre ainda cheio de esperma, a pele embebida em outro suor. Talvez ela tenha zombado dele, ela o tenha imitado na frente de seus amantes. Ela talvez tenha dito:

— Meu marido? Não se preocupe, ele não se dá conta de nada.

Ele remoía suas lembranças até ficar com náusea. Tentava se lembrar da sua atitude quando ela voltava tarde, quando desaparecia. Como era então o seu cheiro? Seu hálito, quando ela falava com ele, era misturado com o hálito de outros homens? Ele procurava um sinal, uma evidência, talvez, que ele não tenha querido ver. Mas nada, nenhum acontecimento marcante, vinha-lhe à mente. Sua mulher era uma impostora absolutamente magnífica.

Quando ele apresentara Adèle a seus pais, Odile mostrara reservas quanto à escolha do filho. Ela não havia lhe dito nada, mas ele soubera por Clémence que ela havia usado a palavra "calculista".

— Não é uma moça pra ele. Tem um ar de superioridade.

Odile sempre desconfiou dessa mulher secreta. Preocupava-se com sua frieza, com a ausência de instinto maternal.

Mas ele, estudante do interior, tímido e sem conversa interessante, morria para ter aquela mulher nos braços. Não era apenas sua beleza, mas sua atitude, que enfeitiçava Richard. Quando olhava para ela, era obrigado a inspirar profundamente. Sua presença o preenchia a ponto de lhe causar dor. Ele amava vê-la viver, conhecia de cor o menor dos seus gestos. Ela falava pouco. Não se derramava, como suas amigas estudantes de medicina, em fofocas e conversas inúteis. Ele a levava a bons restaurantes. Organizava viagens a cidades que ela sonhava em visitar. Rapidamente, apresentou-lhe seus pais. Pediu-lhe que viesse morar com ele e se encarregou de encontrar um apartamento sozinho. Ela dizia, frequentemente:

— É a primeira vez que isso me acontece.

E ele estava orgulhoso disso. Havia-lhe prometido que ela não precisaria se preocupar com nada e que ele cuidaria dela, como ninguém antes dele havia feito. Ela era sua neurose, sua loucura, seu sonho ideal. Sua outra vida.

— Vamos começar de novo.

No começo, ela fechava os olhos. Isso tornava as coisas impossíveis. Ela ficava tão rígida, tão fria, que ele enlouquecia. Uma vontade de bater nela, de parar bem no meio, de deixá-la ali, sozinha. Eles fazem isso sábado à tarde e às vezes domingo. Richard se obriga a ser paciente. Ele inspira profundamente quando ela faz cem vezes a mesma pergunta, com sua voz azeda de menininha. Ela dobra os braços, fecha os ombros, olha fixamente à sua frente. Não entende nada.

— Mas relaxe, enfim. Não deite assim, ajeite-se um pouco. Precisa ser um prazer, e não um sofrimento — irrita-se Richard.

Ele pega as mãos de Adèle e as coloca sobre o volante. Regula o retrovisor.

Uma tarde de julho, eles pegam as estradas do campo. Lucien está sentado atrás. Adèle pôs um vestido que chega acima dos joelhos e colocou os pés nus sobre os pedais. Faz calor e os caminhos estão desertos.

— Você está vendo, não há ninguém, não tem nenhum motivo pra se preocupar. Pode acelerar um pouco.

Adèle se vira e olha para Lucien, que dormiu. Ela hesita, depois pisa brutalmente no acelerador. O carro embala. Adèle está assustada.

— Passa pra quarta, logo! Você vai estragar o carro. Não está ouvindo este barulho? Mas o que está fazendo?

Adèle freia bruscamente e volta para Richard um rosto embaraçado.

— Mas é inacreditável, dá pra dizer que você é incapaz de usar os pés e as mãos ao mesmo tempo. Você é mesmo péssima, sabia?

Ela dá de ombros e desata a rir. Richard olha para ela, espantado. Ele havia esquecido completamente o barulho da sua risada. Aquele barulho de água viva, de torrente. Aquele barulho da garganta que a faz jogar a cabeça para trás e revelar seu longo pescoço. Ele não se lembrava mais daquela maneira estranha que ela tem de colocar as mãos na frente da boca e fechar os olhos, numa careta que dá ao seu riso um ar um pouco zombeteiro, quase maldoso. Tem vontade de abraçá-la, de se alimentar dessa alegria repentina, dessa felicidade que lhes fez tanta falta.

— Vou pegar o volante pra voltarmos. E quer saber? Talvez seja melhor que você faça aulas de verdade. Com um profissional, quero dizer. Será mais eficaz.

Adèle progride lentamente, mas ele prometeu dar-lhe um carro se ela passar no exame. Ele provavelmente não vai resistir a verificar o contador de quilometragem e limitará seu orçamento para gasolina, mas ela poderá ao menos fazer pequenos trajetos. Quando eles se mudaram, ele a vigiava o tempo todo. Não conseguia evitar. Até a seguiu, como se fosse uma delinquente. Ligava várias vezes ao dia para o telefone de casa.

Deixava, às vezes, a clínica de repente e voltava, entre duas consultas, para encontrá-la ali, sentada em sua poltrona azul, os olhos fixos no jardim.

Ele se mostrou cruel. Aproveitou-se de seu poder sobre ela para rebaixá-la. Uma manhã, ela pediu que ele a deixasse na cidade ao ir para a clínica. Ela queria fazer compras, passear. Até propôs de almoçar com ele, em um restaurante do qual ele tinha falado.

— Você me espera? Preciso de dois minutos.

Ela subiu para se preparar. Quando ela trancou o banheiro, ele saiu. Ela deve tê-lo ouvido dar a partida no carro enquanto estava se vestindo. Provavelmente viu pela janela o carro indo embora. À noite, ele nem mesmo evocou o incidente. Perguntou como seu dia tinha sido. Ela respondeu, sorridente:

— Muito bom.

Em público, ele adota atitudes das quais se arrepende em seguida. Segura seu braço, a belisca nas costas, observa-a a ponto de as pessoas ficarem incomodadas. Escruta o menor de seus movimentos. Lê seus lábios. Eles saem raramente, mas ele ficou contente de ter convidado os Verdon. Ele fará, talvez, uma festa, quando as férias acabarem. Algo simples, com seus colegas e os pais dos amigos de Lucien.

Está cansado dessas suspeitas permanentes. Não quer mais pensar que deve sua presença somente à falta de autonomia. Promete a si mesmo deixar um pouco mais de dinheiro na casa. Incentiva-a a pegar o trem para levar Lucien à casa dos avós em Caen ou em Boulogne-sur-Mer. Ele até lhe disse que já era hora de pensar sobre o que ela queria fazer da vida.

Às vezes, ele cede a um entusiasmo irracional, a um otimismo do qual todo médico deve desconfiar. Ele se convence de que pode curá-la, de que ela se agarrou a ele porque sentiu que seria sua salvação. Na véspera, ela se levantou de bom humor. Fazia um tempo radiante. Richard levou-a à cidade com Lucien, para quem ela precisava fazer compras. No carro, ela falou de um vestido de que havia gostado na vitrine de uma loja. Balbuciou um raciocínio obscuro sobre o dinheiro que lhe restava e o que precisaria economizar para comprar aquele vestido. Richard a interrompeu:

— Faça o que quiser com esse dinheiro. Pare de me prestar contas.

Ela pareceu ao mesmo tempo grata e um pouco desamparada, como se tivesse se acostumado àquele jogo doentio.

"Fazê-la feliz." Como parecia fácil quando Henri dizia isso de Odile, quando repetia que era o próprio objetivo da vida. Constituir uma família e fazê-la feliz. Como isso parecia simples na praça do cartório, no hall da maternidade, no dia da inauguração do apartamento, quando todo mundo parecia convencido de que Richard tinha em mãos a chave de uma vida de sucesso.

Odile sempre diz que eles deveriam ter um segundo filho. Que uma casa tão bela é feita para uma grande família. Cada vez que ela vem visitá-los, lança olhares cúmplices para a barriga de Adèle, que faz "não" com a cabeça. Richard fica tão incomodado que finge não entender do que se trata.

Ele imaginou uma nova vida para ela, em que estaria protegida dela mesma e de suas pulsões. Uma vida feita de restrições e de hábitos. Todas as manhãs, ele a acorda. Não quer que ela se demore na cama, que rumine ideias obscuras. Sono demais lhe faz mal. Ele não sai de casa até vê-la pôr os tênis e começar a correr pelo caminho de terra. Perto da cerca, ela se volta, faz um sinal com a mão e ele dá a partida no carro.

Provavelmente porque cresceu no campo, Simone sempre teve horror a ele. Ela falava do campo para sua filha como um lugar de desolação. A natureza é, aos olhos de Adèle, uma besta selvagem que acreditamos aprisionar, mas que salta em nosso pescoço sem avisar. Ela não ousa dizer a Richard, mas tem medo de correr nas estradas do campo, de penetrar na floresta deserta. Em Paris, ela gostava de correr em meio aos passantes. A cidade imprimia nela seu ritmo, sua cadência. Aqui, ela corre mais rápido, como se agressores estivessem em seu encalce. Richard gostaria que ela aproveitasse a paisagem, que se deslumbrasse com a calma dos vales e com a harmonia dos bosques. Mas ela nunca para. Corre até arrebentar os pulmões e volta esgotada, com as têmporas pulsando, sempre impressionada por não ter se perdido. Ela nem tem tempo de tirar os tênis, que o telefone toca e ela toma fôlego para atender Richard.

— É preciso gastar o corpo.

É o que ela se diz para ganhar coragem. Chega a acreditar nisso de manhã, após uma boa noite de sono. A ser otimista, a fazer projetos. Mas as horas passam e roem o que lhe resta de determinação. Seu psiquiatra aconselhou-a a gritar. Isso fez Adèle rir.

— Mas estou falando muito sério. É preciso berrar, dar o grito mais forte que você puder. — Ele disse que isso a aliviaria. No entanto, mesmo sozinha, no meio do nada, ela não conseguiu extirpar sua raiva. Não conseguiu dar um grito.

À tarde, é ela quem vai buscar Lucien. Desce a pé até o vilarejo e não fala com ninguém. Saúda os passantes com um gesto do queixo. A familiaridade dos habitantes a paralisa. Ela evita esperar em frente às grades da escola, com medo de que as outras mães dirijam-lhe a palavra. Ela explicou a seu filho que bastava caminhar um pouco para encontrá-la.

— Você sabe, lá onde está a estátua da vaca. É lá que vou te esperar.

Ela sempre chega adiantada. Acomoda-se no banco, em frente ao grande mercado. Quando está ocupado, ela fica de pé, impassível, até que o ocupante se sinta muito desconfortável e acabe cedendo-lhe o lugar. Richard contou que o vilarejo havia sido bombardeado por engano em 1944. Em menos de vinte minutos, o burgo foi apagado do mapa. Os arquitetos tentaram reconstruir os prédios de forma idêntica, reproduzir as armações normandas, mas o encanto é artificial. Adèle lhe perguntou se os aviões americanos haviam poupado a igreja por razões religiosas.

— Não — respondeu Richard. — É só porque ela era mais sólida.

Quando a primavera chegou, seu médico insistiu para que ela passasse seus dias ao ar livre. Aconselhou-a a fazer jardinagem e a plantar flores, que ela veria crescer. Émile a ajudou a instalar uma horta no fundo do jardim. Ela passa muito tempo ali com Lucien. Seu filho gosta muito de chafurdar na lama, regar os brotos de fava, mastigar as folhas maculadas de terra. Julho mal começou, mas ela não consegue evitar constatar que os dias diminuem. Ela espia o céu, que escurece sempre mais cedo, e espera com angústia o retorno do inverno. A sucessão ininterrupta de dias chuvosos. As tílias, que precisarão ser podadas e que exibirão seus galhos negros, como cadáveres gigantes. Ao sair de Paris, ela se desfez de tudo. Não tem mais trabalho, mais amigos, mais dinheiro. Nada além desta casa, onde o inverno a mantém cativa e onde o verão provoca ilusões. Às vezes, ela parece um pássaro desesperado, batendo seu bico contra as portas de vidro, quebrando suas asas nas maçanetas das portas. Tem cada vez mais dificuldade de esconder sua impaciência, de dissimular sua irascibilidade. No entanto, ela faz esforço. Morde a parte interna das bochechas, faz exercícios de respiração para suportar a angústia. Richard a proibiu de deixar Lucien passar a tarde na frente da televisão e ela se obriga a inventar atividades divertidas. Uma noite, Richard a encontrou com os olhos inchados, o rosto vermelho, sentada no carpete da sala. Ela havia tentado, durante a tarde toda, remover uma mancha de tinta que Lucien tinha feito sobre sua poltrona azul.

— Ele não me escutava. Não sabe brincar — repetia ela, furiosa, com as mãos crispadas.

— A última vez que veio, a senhora disse que pensava estar curada. O que quis dizer com isso?

— Não sei — disse ela, dando de ombros.

O médico deixa o silêncio se instalar. Mira-a com seus olhos afáveis. A primeira vez que a recebeu em seu consultório, dissera-lhe que não estava preparado para o seu caso. Que se aconselhavam, normalmente, terapias comportamentais, tratamentos por meio do esporte e grupos de ajuda. Ela havia respondido, com sua voz firme e glacial:

— Isso não está em questão. Enoja-me. Há uma certa lassidão em desfilar a própria vergonha.

Havia insistido para vê-lo. Sustentava que ele lhe inspirava confiança. Ele havia aceitado a contragosto, um pouco comovido por essa mulher magra e pálida, flutuando em sua camisa azul.

— Digamos que estou tranquila.

— É isso, pra você, estar curada? Estar tranquila?

— Sim. Suponho. Mas curar-se também é terrível. É perder alguma coisa. O senhor compreende?

— Claro.

— No fim, eu tinha medo o tempo todo. Tinha a impressão de ter perdido o controle. Estava cansada, aquilo precisava parar. Mas eu nunca teria imaginado que ele poderia me perdoar.

As unhas de Adèle arranham o braço de tecido da poltrona. Lá fora, as nuvens negras exibem seus mamilos pontudos. A tempestade logo vai começar. Dali, ela pode ver a rua paralela e o carro em que Richard a espera.

— A noite em que ele descobriu tudo, eu dormi muito bem. Um sono profundo e reparador. Quando acordei, por mais que a casa estivesse devastada e Richard me odiasse, eu sentia uma alegria estranha, uma excitação, mesmo.

— A senhora estava aliviada.

Adèle se cala. Uma chuva furiosa se abate contra a rua. É como se a noite tivesse caído em pleno meio da tarde.

— Meu pai morreu.

— Oh, sinto muito por isso, Adèle. Seu pai estava doente?

— Não. Ele morreu de um acidente vascular cerebral, ontem à noite, enquanto dormia.

— Isso a deixa triste?

— Não sei. Ao mesmo tempo, ele nunca gostou de estar ali.

Ela coloca o rosto sobre a mão e se afunda na poltrona.

— Irei ao enterro dele. Irei sozinha. Richard não pode deixar a clínica e além disso acha que Lucien é muito pequeno pra enfrentar a morte. Na verdade, ele nem se ofereceu pra me acompanhar. Eu irei. Sozinha.

— A senhora está com raiva de Richard por abandoná-la nessas circunstâncias?

— Oh, não — responde ela, lentamente. — Fico feliz.

Richard nunca deu importância ao sexo. Mesmo jovem, sentiu nele apenas um prazer relativo. Ele sempre se aborrecia um pouco nesse exercício. Achava-o longo. Sentia-se incapaz de atuar no teatro da paixão e, estupidamente, havia acreditado que Adèle ficara aliviada com seu desejo morno. Como qualquer mulher inteligente e refinada ficaria. Ele pensava que, diante do que ele lhe oferecia, o sexo não era nada. Em público, ele às vezes fingia, para manter as aparências e também para ter mais autoconfiança. Deixava-se participar de uma observação vulgar sobre as nádegas de uma garota. Insinuava uma aventura diante dos amigos. Não ficava orgulhoso. Não pensava jamais nisso.

Sempre sonhara em ser pai, em ter uma família que contasse com ele e a quem ele pudesse oferecer o que ele mesmo havia recebido. Havia desejado Lucien mais do que tudo e havia vivido com angústia a perspectiva de sua concepção. Mas Adèle engravidou muito rápido, na primeira tentativa. Ele havia fingido ter orgulho disso, de ver ali uma prova de sua virilidade. Na realidade, ele estava aliviado de não ter de esgotar o corpo daquela que ele amava.

* * *

Nem uma vez Richard pensou em se vingar. Nem mesmo em restabelecer o equilíbrio em um combate que ele sabia perdido de antemão. A ocasião se apresentou, uma vez, de estar com uma garota, e ele a agarrou sem pensar de verdade. Sem saber o que buscava.

Três meses após sua instalação na clínica, haviam-lhe apresentado Matilda, que fazia um estágio na farmácia de seu pai. É uma garota redonda, com olhos oliva, que esconde as espinhas sob longos cabelos ruivos. Não lhe falta muito para ser bonita.

Uma noite, Richard tomava uma cerveja em frente à clínica quando a viu, sentada com duas outras garotas da sua idade. Ela lhe fez um sinal. Ele sorriu. Não entendeu se ela o convidava a juntar-se a elas ou se sentia-se apenas obrigada a cumprimentá-lo, porque ele é amigo de seu pai. Ele a cumprimentou de volta.

Ele não prestava mais atenção, os pensamentos vagarosos por conta do álcool e do calor. Ele a havia completamente esquecido quando ela se aproximou da mesa e disse:

— Richard, é isso?

Gotas de suor correram ao longo de sua espinha.

— Sim, Richard Robinson. — Ele se levantou desajeitadamente e apertou-lhe a mão.

Ela se sentou, sem pedir permissão, menos tímida, finalmente, do que ele havia podido imaginar quando ela ficava ruborizada atrás do balcão da farmácia. Ela começou a falar da faculdade, de Rouen, onde ela vivia, dos estudos de medicina que ela bem que gostaria de ter feito, mas pelos quais ela não se sentia suficientemente encorajada. Ela falava muito rápido, com uma voz aguda e cantante. Richard consentia, sem convicção, o rosto ensopado de suor. Fazia um esforço para manter seus olhos bem abertos e fixados nela, para sorrir no momento certo, para estimular, até, em algumas ocasiões, a conversa.

Eles caminharam pela rua, sem destino certo. Ele pediu-lhe um cigarro, que teve dificuldade de fumar. Ele tinha vontade de dizer: "E agora, o que ... fazemos?", mas calou-se, enfim. Eles caminharam até a clínica. Chegando à frente do prédio, eles não demonstraram nem hesitação, nem pressa. Richard pegou o molho de chaves e eles entraram pela garagem.

Em seu escritório, Richard fechou as venezianas.

— Desculpe, não tenho nada pra beber. Água, se quiser.

— Posso fumar?

Sua pele. Sua pele leitosa era insípida. Ele colocava nela seus lábios. Abria um pouco a boca, passava a língua pela cavidade do pescoço, atrás da orelha. Sua carne era totalmente desprovida de gosto, do mínimo relevo. Nem mesmo sua transpiração tinha odor. Somente seus dedos cheiravam um pouco a cigarro.

Ela mesma desabotoou a fina camisa branca que usava e Richard contemplou, perturbado, aquele ventre arredondado, aquelas dobras formadas pela saia, aqueles finos pneus entre os elásticos do sutiã. O esqueleto de Adèle vinha assombrá-lo.

Matilda fazia pose de mulher fatal e era um pouco ridícula, do alto de seus vinte e cinco anos, encostada à mesa, falsamente venenosa. Não se ouvia um barulho no cômodo. Nem mesmo o móvel contra o qual eles estavam apoiados rangia. Ela mal respirava. Tentava algumas coisas, mas parecia decepcionada com o fato de uma relação proibida, com um homem mais velho e ainda por cima casado, não provocar mais faíscas. Era até menos divertido do que com os colegas da faculdade. Richard não era divertido.

Ela balançou a cabeça de um lado, depois do outro. Fechou os olhos. Suas coxas voluptuosas se fecharam em volta de Richard. Ele bem que tentou agarrar suas nádegas, soltar seu sutiã e contemplar seus seios brancos, mas não conseguiu gozar. Ele se retirou lentamente e, uma vez na rua, ela recusou que ele a acompanhasse.

— Moro bem perto, de toda forma.

Ele pegou o carro. Sentia-se totalmente sóbrio agora. Na estrada, não parava de levar as mãos ao nariz, de cheirá-las, de experimentá-las até, mas elas não tinham nada além de um cheiro de sabonete antisséptico.

Matilda não havia deixado nenhum rastro.

Richard a leva até a estação. No carro, Adèle olha pela janela. O dia mal está começando. Um sol enevoado acaricia as colinas. Nenhum dos dois evoca a estranheza da situação. Ela não ousa tranquilizá-lo, mostrar-se carinhosa, prometer-lhe que não está fomentando nenhum plano de fuga. Richard está aliviado que tenha chegado o momento de deixá-la partir, de deixá-la, ainda que por algumas horas, desfrutar da liberdade.

Ela vai voltar.

No saguão da estação, ele olha para ela, esplendorosa e triste, fumando seu cigarro. Ele tira sua carteira e lhe entrega um maço de notas.

— Duzentos euros. Será o suficiente?
— Sim, não se preocupe.
— Se quiser mais, fale.
— Não, obrigada. Está ótimo.
— Guarde-os logo, senão vai perdê-los.

Adèle abre a bolsa e guarda as notas em um bolso.

— Até amanhã, então.
— Sim. Até amanhã.

Adèle ganha seu assento, contra a janela, no sentido inverso da marcha. O trem parte. O compartimento está mergulhado em um silêncio bem-educado. Todos os gestos são contidos, as pessoas põem a mão sobre o queixo ao falar ao telefone. As crianças dormem, as orelhas estão firmemente presas em fones de ouvido. Adèle está com sono e, lá fora, as paisagens não passam de cores que transbordam a moldura, de desenhos fundidos pela metade, um derramamento de cinza, um espargimento de verde e de preto. Ela pôs um vestido preto e um casaco um pouco fora de moda. De frente para ela, um homem se acomoda e a cumprimenta. O tipo de homem que ela abordaria sem nenhuma dificuldade. Está nervosa, desorientada. Não são os homens que ela teme, mas a solidão. Não estar mais sob o olhar de quem quer que seja, ser desconhecida, anônima, um peão na multidão. Estar em movimento e pensar que a fuga é possível. Não admissível, não, mas possível.

No final do compartimento, uma jovem está de pé atrás da porta de vidro. Não deve ter mais que dezessete anos. Pernas de adolescente longas e magras, as costas um pouco arqueadas. O garoto que a beija não tirou a mochila, e se inclina sobre ela até esmagá-la. Os olhos fechados, a boca aberta, suas línguas giram uma por cima da outra, em círculos, sem parar.

Simone lhe perguntou se queria dizer algumas palavras em homenagem a seu pai. Adèle respondeu que preferia não fazê-lo. Na verdade, ela não sabe o que poderia dizer deste homem que ela conhecia tão pouco.

É até mesmo esse mistério que alimentava sua adoração. Ela o achava decadente, deslocado, inimitável. Achava-o bonito. Ele falava com fervor de liberdade e revolução. Quando ela era criança, ele lhe mostrava filmes hollywoodianos dos anos 1960, repetindo que não deveria haver outra maneira de viver além daquela. Ele dançava com ela e Adèle ficava quase com lágrimas nos olhos, de alegria e de surpresa, quando o via levantar o pé, girar a ponta do sapato e fazer uma pirueta, ao som de Nat King Cole. Ele falava italiano – ao menos era o que ela achava –, contava que havia comido caviar em uma colherinha com as bailarinas do Bolshoi em Moscou, onde havia sido enviado pelo Estado argelino para estudar.

Às vezes, em um desses acessos de melancolia, ele cantava em árabe uma canção, cujo sentido nunca revelava. Descontava em Simone, acusando-a de tê-lo arrancado de suas raízes. Ele ficava enfurecido, tornava-se injusto, gritava que não precisava de nada daquilo, que poderia muito bem jogar tudo para o alto e ir embora, para viver sozinho, em algum lugar modesto, alimentando-se de pão e de azeitonas pretas. Dizia que gostaria de ter aprendido a lavrar, a semear, a arar a terra. Que teria gostado da vida pacata dos camponeses de sua infância. E que, às vezes, ele chegava a invejá-los, como um pássaro cansado de um longo voo pode invejar a formiga. Simone ria, um riso cruel que o desafiava. E ele nunca partia. Nunca.

Embalada pelo sacolejo do trem, Adèle cai num sono leve. Ela empurra a porta do quarto de seus pais e vê a cama grande. O corpo de seu pai, deitado como uma múmia. Os pés apontados em direção ao céu, rígidos na mortalha. Ela se aproxima, procura os últimos pedaços visíveis de pele. As mãos, o pescoço, o rosto. A grande testa lisa, as rugas profundas nos cantos dos lábios. Ela reencontra os traços conhecidos, o caminho que o sorriso percorria, o mapa completo das emoções paternas.

Ela se deita na cama, a alguns centímetros apenas do corpo. Ele é todo dela. Por uma vez, ele não pode nem fugir, nem recusar-se a conversar. Um braço atrás da cabeça, as pernas cruzadas, ela acende um cigarro. Despe-se. Nua, deitada ao lado do cadáver, ela acaricia sua pele, abraça-o. Dá beijos em suas pálpebras e em suas bochechas sulcadas. Ela pensa no pudor de seu pai, em seu horror absoluto à nudez, à sua própria e à dos outros. Deitado ali, morto, à sua mercê, não poderá oferecer nenhuma resistência à sua curiosidade obscena. Ela se inclina sobre ele e, lentamente, abre a mortalha.

Estação Saint-Lazare. Ela desce do trem e sobe, com passos vivazes, a rue d'Amsterdam.

Eles cortaram os laços com a vida de antes. Um corte nítido, radical. Deixaram para trás dezenas de caixas cheias de roupas de Adèle, lembranças de viagens e até mesmo álbuns de fotos. Venderam os móveis e deram os quadros. No dia da partida, lançaram um olhar sem nostalgia para o apartamento. Deram as chaves para a proprietária e pegaram a estrada, sob uma chuva violenta.

Adèle nunca mais voltou ao jornal. Não teve coragem de apresentar sua demissão e acabou recebendo uma carta, que Richard agitou sob seu nariz: "Demissão por justa causa. Abandono de emprego". Eles não pedem notícias dos amigos, dos companheiros da faculdade, dos antigos colegas. Arrumam desculpas para que não venham vê-los. Muitos se surpreenderam com sua partida precipitada. Mas ninguém procurou mais saber deles. Como se Paris os tivesse esquecido.

Adèle está nervosa. Espera que uma mesa fique livre no terraço e fuma, de pé, observando os clientes. Um casal de turistas se levanta e Adèle insinua-se até o lugar deles. Do outro lado da rua, ela vê chegar Lauren, que lhe faz um sinal e depois baixa os olhos, como se não se sentisse autorizada a sorrir ou a manifestar sua alegria.

Elas falam do pai de Adèle, do horário do enterro. Lauren lhe diz:

— Se você tivesse me avisado mais cedo, poderia ter ido com você.

Ela pede notícias de Richard, de Lucien, pergunta sobre o vilarejo e sobre a casa.

— Então, o que tem pra fazer naquele buraco? — ri ela, histérica.

Elas evocam lembranças, mas o coração não está lá. Adèle bem que tenta buscar algo, mas seu espírito está vazio. Não encontra nada para contar. Ela olha para o relógio. Diz que não pode demorar, que precisa pegar o trem. Lauren levanta os olhos para o céu.

— O quê? — pergunta Adèle.

— Você está cometendo o maior erro da tua vida. Por que você foi se enterrar naquele lugar? Está feliz como dona de casa no teu palacete de província?

Adèle fica exasperada com a insistência de Lauren, com esse modo que ela tem de repetir que seu casamento com Richard é um erro. Ela suspeita de que não seja por amizade, mas guiada por outros sentimentos, que Lauren a aconselha.

— Você não está feliz, reconheça! Não uma mulher como você! Não é como se você tivesse casado por amor.

Adèle deixa-a se esgotar. Pede outra taça de vinho e bebe lentamente. Ela fuma e concorda em silêncio com as reprimendas de Lauren. Quando sua amiga fica sem argumentos, Adèle a ataca, fria e precisa. Surpreende-se consigo mesma ao imitar as entonações de Richard, a usar as palavras exatas que ele costuma usar. Desenvolve ideias claras, exprime sentimentos simples, contra os quais sua amiga não pode argumentar. Fala da felicidade de possuir um bem, da importância de Lucien ter contato com a natureza. Louva os prazeres modestos, as alegrias do cotidiano. Ela própria diz esta frase, esta frase boba e injusta:

— Sabe, quem não tem filhos não consegue entender. Espero que um dia você saiba como é.

A crueldade daqueles que se sabem amados.

Adèle está atrasada, mas caminha lentamente da estação de Boulogne-sur-Mer até o apartamento de seus pais. Ela caminha pelas ruas cinza, desertas e feias. Perdeu a cerimônia no crematório. Demorou para chegar até a gare du Nord e perdeu seu trem.

Quando toca a campainha na porta do apartamento, ninguém atende. Ela espera em frente ao prédio, sentada sobre o degrau da entrada. Um carro para e Simone desce, escoltada por dois homens. Ela usa um vestido preto justo, um pequeno chapéu preso ao coque e um véu. Pôs horríveis luvas de seda, que fazem dobras sobre seus punhos enrugados. Não tem medo do ridículo nesse figurino. Ela interpreta a viúva chorosa.

Eles entram no apartamento. Um garçom dispõe, sobre a mesa, *petits-fours* que os convidados logo atacam. Simone coloca sua mão sobre as mãos que se colocam sobre ela. Desfaz-se em soluços incontroláveis, grita o nome de Kader. Ela geme nos braços de uns sujeitos velhos, um pouco lúbricos pelo luto e o álcool.

Ela fechou as venezianas e o calor é sufocante. Adèle estica seu casaco sobre a velha poltrona preta e nota que as prateleiras foram esvaziadas. Os discos de seu pai desapareceram e ainda se sente o odor açucarado do lustra-móveis com o qual Simone esfregou as tábuas. O apartamento inteiro parece mais limpo do que o normal. Como se sua mãe houvesse passado a manhã reluzindo o piso, esfregando os cantos das molduras dos porta-retratos.

Adèle não conversa com ninguém. Alguns convidados tentam chamar sua atenção. Falam alto, esperando que ela entre na conversa. Parecem mortos de tédio, parecem já ter falado de tudo e esperam, provavelmente, que ela possa distraí-los. Seus rostos enrugados, o barulho que fazem suas mandíbulas gastas lhe inspira uma profunda repulsão. Ela tem vontade de tapar os ouvidos e fechar os olhos, como uma criança amuada.

O vizinho do oitavo andar a observa. Tem um olhar viscoso. Alguém poderia até crer que uma lágrima pende de sua pálpebra. Ele, o vizinho tão obeso, cujo sexo Adèle tivera dificuldade de encontrar, sob as dobras da barriga. Seu sexo, transpirando sob a gordura, queimando pelo esfregar de suas coxas enormes. Ela subia até o apartamento dele, à tarde, depois do colégio. Ele tinha uma sala e dois quartos. Uma grande varanda, na qual havia instalado uma mesa e cadeiras. E uma vista de tirar o fôlego. Ele se sentava à mesa da cozinha, a calça nos tornozelos, e ela olhava o mar.

— Você está vendo a costa da Inglaterra? Quase dá pra tocá-la.

O horizonte era plano. Evidente.

— Richard não veio com você? — pergunta Simone, arrastando sua filha até a cozinha. Está embriagada.

— Ele não podia deixar Lucien sozinho e largar a clínica em pleno meio da semana. Ele te disse, pelo telefone.

— Estou decepcionada, só isso. Pensava que ele se daria conta de que sua ausência é muito ofensiva. Eu tinha um monte de gente pra apresentar a ele e esta era a ocasião. Mas já que, aparentemente...

— Aparentemente o quê?

— Desde que o senhor tem sua clínica e sua grande casa, pode-se dizer que não somos mais bons o bastante pra ele. Este ano, ele veio uma vez e, mesmo assim, não abriu a boca. Eu deveria ter percebido antes, vai.

— Pare, mãe. Ele trabalha muito. Só isso.

Ao lado da coleção de fósforos de bares de hotéis, Simone dispôs uma urna funerária em porcelana branca e rosa. Parecia uma grande caixa de biscoitos ou um velho bule inglês. Em uma noite, seu pai passou da poltrona preta à prateleira da sala.

— Nunca teria imaginado que papai quisesse ser cremado.

Simone dá de ombros.

— Mesmo que ele não fosse religioso, sua cultura é, no entanto... Você não deveria ter feito isso. Poderia ter me consultado — ela termina a frase em um murmúrio inaudível.

— Mas você veio aqui pra quê, exatamente? Me dar bronca? Tomar o partido do teu pai, mesmo após a sua morte? Sempre só ele contou, de toda forma. Seus sonhos imbecis, seus fantasmas. "A grande vida!" A vida nunca foi grande o suficiente pra ele. Vou te dizer uma coisa — Simone engole um trago de gim e estala a língua nos dentes incisivos. — As pessoas insatisfeitas destroem tudo em volta delas.

As bandejas de alumínio estão vazias e os convidados vêm despedir-se de Adèle. "Sua mãe precisa descansar." "Foi uma bela cerimônia." Todos lançam, ao passar pela porta, um olhar oblíquo em direção às cinzas do pai.

Simone se afundou no sofá. Ela soluça baixinho, a maquiagem borrada sobre as faces. Ela tirou os sapatos e Adèle olha para sua pele enrugada, coberta de manchas marrons. Seu vestido preto, com uma fenda lateral, é fechado por um grande alfinete. Ela chora, murmurando um queixume incompreensível. Parece aterrorizada.

— Vocês dois se entendiam bem. Sempre unidos contra mim. Se ele não estivesse aqui, você não teria voltado durante anos, não é mesmo? A oitava maravilha do mundo! Adèle pra cá, Adèle pra lá. Era conveniente pra ele acreditar que você tinha permanecido sua filha boazinha. Ele saía em tua defesa. Covarde demais pra te punir, pra te olhar na cara. Ele dizia: "Fale com tua filha, Simone!". E desviava os olhos. Mas eu não sou besta. Richard, coitado, não vê nada. É como teu pai, cego e ingênuo. Os homens não sabem quem somos. Não querem saber. Eu sou tua mãe, lembro de tudo. Da forma como você rebolava, e não tinha nem oito anos. Você enlouquecia os homens. Os adultos falavam de você, quando você devia ser invisível. E não falavam bem, aliás. Você era aquele tipo de criança de quem os adultos não gostam. Já tinha o vício dentro de você. Uma santa do pau oco, uma hipócrita de primeira. Pode ir embora, sabe. Não espero nada de você. E esse pobre Richard, que é tão gentil. Você não o merece.

Adèle põe sua mão sobre o punho de Simone. Ela gostaria de lhe dizer a verdade. Confidenciar-se com ela e contar com sua benevolência. Gostaria de acariciar sua fronte, sobre a qual estão colados cachos finos, como cabelos de criança. Pequena, ela foi um peso para a mãe; depois, tornou-se uma adversária, sem que jamais houvesse tempo para o carinho, a doçura, as explicações. Ela não sabe por onde começar. Tem medo de ser desajeitada e de fazer explodir trinta anos de amargura e azedume. Não quer assistir a uma de suas crises de histeria que pontuaram sua infância; sua mãe, o rosto arranhado, os cabelos eriçados gritando impropérios contra o planeta inteiro. Com um nó na garganta, ela se cala.

Simone adormece com a boca aberta, embrutecida pelos calmantes. Adèle bebe o que resta da garrafa de gim. Termina um fundo de vinho branco que a mãe deixou perto do fogão. Ela abre as venezianas e olha pela janela, o estacionamento deserto, o pequeno jardim com grama queimada. No apartamento sórdido de sua infância, ela vacila e se bate contra as paredes. Está com as mãos trêmulas. Queria dormir, guardar no sono a raiva que a habita. Mas ainda é dia. A noite está apenas começando e ela sai, titubeando ao caminhar. Deixou um envelope sobre o aparador da entrada e a caixa laranja, contendo o broche.

Ela pega o ônibus até o centro da cidade. O tempo está bom e as ruas estão animadas. Os turistas tiram fotos de si mesmos. Jovens bebem cerveja, sentados sobre o pavimento. Ela conta os passos para evitar cair. Se senta no terraço, sob o sol. No colo da mãe, um menininho sopra em seu canudo e faz bolhas no copo de Coca-Cola. O garçom lhe pergunta se ela está esperando alguém. Ela nega com a cabeça. Não pode ficar ali. Ela libera a mesa e entra em um bar.

Ela já esteve ali. As mesas sobre o mezanino, o balcão grudento, o palquinho no fundo, tudo isso lhe parece familiar. A menos que seja porque o lugar é horrivelmente banal. O bar está cheio de estudantes barulhentos e ordinários, alegres por festejar o bom desempenho em uma prova e o início das férias. Ela não tem nada para fazer ali e sente que o *barman* a observa com um ar desconfiado, sente que ele notou suas mãos trêmulas, seu olhar apagado.

Ela bebe seu copo de cerveja. Está com fome. Um garoto se senta ao seu lado. Um jovem magro, com rosto suave. Tem as têmporas raspadas e cabelos longos presos no alto do crânio. Ele fala muito, mas ela mal escuta o que ele diz. Entende que ele é músico. Que trabalha como segurança em um pequeno hotel. Fala de seu filho, também. Um bebê de alguns meses, que mora com a mãe em uma cidade cujo nome ela não guardou. Ela sorri, mas pensa: *ponha-me ali, nua, sobre o balcão. Segure meus braços, impeça-me de me mover, grude meu rosto contra o bar.* Ela imagina que os homens se sucedem, empurrando seu pênis para o interior de seu ventre, virando-a de frente e de costas, até desalojar a tristeza, até fazer calar o medo encolhido no fundo dela. Gostaria de não ter nada para dizer, de se oferecer como aquelas garotas que viu em Paris, os olhos de camelo colados nas vitrines dos clubes de *strippers*. Ela gostaria de que o salão inteiro bebesse sobre ela, cuspisse nela, atingisse suas entranhas e arrancassem-nas, até que ela não passasse de um pedaço de carne morta.

Eles saem do bar pela porta dos fundos. O garoto enrola um baseado e lhe oferece. Ela está eufórica e desesperada. Começa frases que não termina. Repete:

— Esqueci o que ia dizer.

Ele lhe pergunta se ela tem filhos. Ela pensa em seu casaco, que deixou na poltrona da sala. Está com frio. Deveria voltar, mas está tão tarde, o apartamento lhe parece tão longe. Não ousaria jamais caminhar sozinha até lá. Era preciso se armar de coragem, pesar os prós e os contras, mostrar-se razoável.

Quando Richard descobriu tudo, ela disse a si mesma que acabaria voltando para cá, a esta cidade, ao apartamento de seus pais. Humilhada, sem recursos e sem dinheiro. Ela tinha calafrios com a ideia de voltar a dormir no final do corredor, de ouvir, hora após hora, a voz estridente de sua mãe dirigindo-lhe reprimendas, pedindo-lhe explicações. Ela se via enforcada no falso teto de seu quarto, seus escarpins mal se equilibrando na ponta de seus dedos dos pés, o olhar cheio daquele papel de parede azul e branco que, ainda hoje, provoca-lhe pesadelos. Os lábios violeta, leve como uma pluma, ela se balançaria sobre a pequena cama, sua vergonha enfim estrangulada.

— O quê?

Este garoto tem uma necessidade desesperada de puxar assunto. Ela se aproxima dele, beija-o, cola seus seios contra seu torso, mas tem dificuldade em manter-se de pé. Ele a segura, rindo. Ela fecha os olhos. O baseado lhe deu náusea e o chão começa a balançar.

— Já volto.

Ela atravessa o salão, inspirando profundamente. No banheiro, um grupo de adolescentes enfiadas em minissaias de *nylon* retoca a maquiagem. Elas dão risadinhas. Adèle se deita e ergue as pernas. Queria ter forças para ir até a estação, para subir num trem ou jogar-se sob ele. Quer, mais do que tudo, voltar para as colinas, a casa com as vigas pretas, a imensa solidão, Lucien e Richard. Ela chora, a face colada no azulejo que cheira a urina. Chora por ser incapaz.

Ela se levanta. Mergulha a cabeça sob a torneira de água fria. No espelho, ela tem o rosto de uma afogada. A tez lívida, os olhos fora de órbita, os lábios exangues. Volta ao salão, onde ninguém a nota. Tem a impressão de flutuar em uma névoa espessa. Um grupo de adolescentes um pouco bêbados abraça-se e salta, gritando a letra de uma música.

O garoto a toca no ombro. Ela tem um sobressalto.

— Onde você estava? Está tudo bem? Você está completamente pálida — ele coloca, suavemente, a mão sobre sua face gelada.

Adèle sorri. Um sorriso comportado e terno. Ela gosta dessa música. "You give your hand to me." Ela cai nos braços dele, abandonando-se ao ritmo da música. Ele aperta suas costelas salientes entre seus dedos. Segura-a fortemente contra si e passa suas mãos sobre seus braços nus, para aquecê-la. Ela apoia a face contra seu ombro, os olhos fechados. Seus pés mexem-se lentamente, eles se balançam da direita para a esquerda. Ele segura sua mão e ela abre os olhos quando ele a faz girar e, devagar, voltar até ele. Ela sorri e cantarola, os lábios colados ao pescoço dele.

"Well, you don't know me."

A canção termina. A multidão dá um grito quando começa uma melodia empolgante. Invadem a pista e separam-nos. Com as mãos cruzadas atrás da nuca, Adèle dança, as pálpebras fechadas. Desce as mãos, acaricia os seios, junta-as sobre a virilha. Levanta os braços, invadida pela cadência cada vez mais rápida da música. Mexe os quadris, os ombros, movimenta a cabeça para um lado e depois para o outro. Uma onda de calma a invade. Ela tem o sentimento de subtrair-se do mundo, de viver um instante de graça. Ela encontra o prazer que tinha, quando adolescente, de dançar durante horas, às vezes sozinha na pista. Inocente e bela. Ela não sentia então nenhum acanhamento. Não media o perigo. Entregava-se complemente ao que fazia, disponível para um futuro que ela imaginava esplêndido, mais alto, maior, mais exaltante. Agora, Richard e Lucien não passam de lembranças vagas, lembranças impossíveis que ela vê se dissolvendo lentamente para depois desaparecerem.

Ela gira sobre si mesma, indiferente à vertigem. Os olhos semiabertos, ela percebe, no salão escuro, pequenos brilhos de luz que a ajudam a manter-se equilibrada. Gostaria de mergulhar no fundo dessa solidão, mas eles a arrancam de lá, puxam-na em sua direção, não o permitem. Alguém a agarra por trás e ela esfrega as nádegas contra seu sexo. Não ouve os risos excessivos. Não vê os olhares que os homens trocam enquanto a passam, de um para o outro, agarrando-a, zombando um pouco dela. Ela também ri.

Quando abre os olhos, o garoto gentil desapareceu.

Ele esperou na plataforma. Ela não estava no trem das quinze horas e vinte e cinco. Nem no das dezessete horas e doze. Ele ligou para seu celular. Ela não atendeu. Ele bebeu três cafés, comprou um jornal. Sorriu a dois pacientes que iam pegar um trem e que lhe perguntaram quem ele estava esperando. Às dezenove horas, Richard sai da estação. Está em apneia, desesperado com a ausência de Adèle; nada pode desviá-lo de sua angústia.

Ele volta à clínica, mas a sala de espera está vazia. Nenhuma emergência para ocupar seu espírito. Consulta alguns dossiês, mas está nervoso demais para trabalhar. Não consegue imaginar passar esta noite sem ela. Não pode acreditar que ela não voltará. Ele liga para a vizinha. Ele mente, diz que teve uma emergência e que ela deve ficar até mais tarde para cuidar de Lucien.

Ele caminha até o restaurante, onde o esperam alguns amigos. Robert, o dentista, Bertrand, o agente do governo. E Denis, que ninguém sabe exatamente o que faz da vida. Até aqui, Richard sempre fugira dos bandos. Nunca teve um instinto gregário. Já na faculdade de medicina ele ficava um pouco distante dos outros estudantes. Não gostava do humor obsceno das salas de plantão. Não gostava de ouvir os colegas gabando-se de ter dormido com uma enfermeira. Fugia dessa cumplicidade fácil e vã entre os homens, que gira sempre em torno da conquista das mulheres.

Faz muito calor e seus amigos o esperam no terraço. Beberam já algumas garrafas de *rosé* e Richard pede um uísque para alcançá-los. Está nervoso, impaciente, em ebulição. Está com vontade de comprar briga com alguém, de enfurecer-se. Mas seus companheiros não oferecem nenhuma chance. São pesados, banais, inúteis. Robert fala das taxas de seu consultório e pergunta sua opinião.

— Não é verdade que eles nos estrangulam? Hein, Richard?

Bertrand, com uma voz calma e condescendente, desfila sua ladainha sobre a solidariedade necessária, sem a qual nosso modelo social iria por água abaixo. E Denis, que é gentil, sim, Denis repete:

— Mas, na verdade, vocês estão dizendo a mesma coisa. Ambos têm razão.

Ao fim da refeição, Richard está com a mandíbula trêmula. O álcool o deixou triste e sensível. Uma vontade de chorar e de interromper a conversa. Seu celular está à sua frente e ele tem um sobressalto toda vez que a tela se ilumina. Ela não liga. Ele deixa a mesa antes dos digestivos. Robert faz uma observação sobre a beleza de Adèle, sobre a impaciência de Richard em voltar para casa. Richard sorri, pisca um olho de forma cúmplice e sai do restaurante. Bem que ele gostaria de ter enfiado a mão na cara daquele tosco com lábios engordurados. Como se houvesse uma glória em voltar para casa para montar sobre sua mulher.

* * *

Ele dirige rapidamente pela estrada escorregadia. A noite está quente e a tempestade faz, ao longe, os cavalos relincharem. Ele estaciona. Sentado no carro, ele olha para a casa. Os batentes roídos na fachada. O banco de madeira e a mesa do café da manhã. As colinas, que cavam o ninho onde a casa fica escondida. Ele escolheu esta casa para ela. Adèle não precisa se preocupar com nada. Ele mandou consertar a veneziana que batia, plantou uma fileira de tílias no pequeno terraço.

Como quando era criança, ele faz apostas consigo mesmo. Promete. Jura que, se ela voltar, tudo será diferente. Não a deixará mais sozinha. Quebrará o silêncio que reina na casa. Irá atraí-la, contar-lhe tudo e depois a escutará. Não guardará rancor, nem arrependimentos. Fará como se não tivesse visto. Dirá, sorrindo: "Você perdeu o trem?", depois falará de outra coisa e tudo será esquecido.

Agora, ele desconfia das ilusões, mas tem certeza de que Adèle jamais fora tão bela. Desde que deixaram Paris, ela tem no rosto esse ar estupefato, esse ar de não estar acreditando, que molha seu olhar. Ela não tem mais olheiras. Seus olhos cresceram. Suas pálpebras são largas como pistas de dança. Ela dorme, à noite, um sono apaziguado. Um sono sem histórias e sem segredos. Ela diz que sonha com campos de milho, condomínios fechados, parquinhos de criança. Ele não ousa mais lhe perguntar: "Você ainda sonha com o mar?".

Ele nunca a toca, mas conhece seu corpo de cor. Todos os dias, ele a escruta. Seus joelhos, seus cotovelos, seus calcanhares. Adèle não tem mais roxos. Mesmo que ele os procure, sua pele está lisa, tão pálida quanto os muros do vilarejo. Ela não tem nada para contar. Adèle não bate mais contra as balaustradas das camas. Suas costas não se queimam mais nos carpetes baratos. Ela não dissimula mais os hematomas sob as mechas dos cabelos. Adèle engordou. Sob os vestidos de verão, ele adivinha que suas nádegas ficaram mais arredondadas, a barriga mais pesada, a pele menos firme, mais fácil de segurar.

Richard a deseja. O tempo todo. Um desejo violento, egoísta. Frequentemente, ele gostaria de fazer um gesto, estender a mão em sua direção, mas ela fica ali, estúpida, imóvel. Ele coloca a mão sobre seu sexo, como alguém coloca a palma sobre a boca de uma criança prestes a gritar.

    Ele gostaria, no entanto, de soluçar sobre seus seios. Agarrar-se à sua pele. Pousar a cabeça sobre seus joelhos e deixá-la consolá-lo por seu grande amor traído. Ele a deseja, mas ouve. As idas e vindas dos homens que caminharam sobre ela. Isso o repulsa, o deixa obcecado. Aquele vaivém que não cessa, que não o leva a parte alguma, aquelas peles que estalam, aquelas coxas flácidas, aqueles olhares perturbados. Aquele vaivém, regular como se fossem golpes, como uma busca impossível, como a vontade de arrancar um grito, um soluço que dorme no fundo dela e que faz tremer todas as paisagens. Aquele vaivém que nunca se reduz a si mesmo, que é sempre a promessa de outra vida, promessa de beleza, de carinho possível.

    Ele sai do carro e caminha em direção a casa. Bêbado, um pouco nauseado, senta-se no banco. Procura um maço de cigarros nos bolsos. Não tem nenhum. Ele sempre fuma os cigarros dela. Ela não pode partir. Não pode abandoná-los. Não pode trair aquele que a perdoou. Ele funga ao pensar que vai entrar sozinho nesta casa, que deverá responder a Lucien, que perguntará: "Onde está a mamãe? Quando ela vai voltar?".

Ele vai procurá-la, onde ela estiver escondida. Vai trazê-la de volta. Não tirará mais os olhos dela. Eles terão outro filho, uma menininha, que herdará os olhos da mãe e o seu coração sólido. Uma menininha que irá ocupá-la, que ela amará com um amor louco. Talvez até um dia ela saberá se contentar com as preocupações banais e ele ficará feliz, morrendo de felicidade, quando ela quiser refazer a decoração da sala, quando ela passar horas escolhendo um novo papel de parede para o quarto da pequena. Quando ela falar demais, quando fizer caprichos.

Adèle envelhecerá. Seus cabelos ficarão brancos. Seus cílios cairão. Ninguém mais a verá. Ele terá pulso firme. Enfiará a cara dela no cotidiano. Ele a arrastará na poeira dos seus passos, não a deixará jamais quando ela tiver medo do vazio e de cair. E um dia, sobre sua pele de pergaminho, sobre sua face fendida, ele dará um beijo. Ele a desnudará. Não ouvirá mais, no sexo de sua mulher, outros ecos senão aquele do sangue que pulsa.

E ela se abandonará. Pousará sua cabeça vibrante sobre seu ombro e ele sentirá todo o peso de um corpo que se ancorou. Ela semeará sobre ele flores de cemitério, em um feixe, e mais perto da morte ela ganhará em carinho. Adèle vai descansar amanhã. E fará amor, os ossos carcomidos, a curva das costas enferrujada. Ela fará amor como uma pobre velha, que ainda crê e que fecha os olhos e não diz mais nada.

Isso não termina, Adèle. Não, não termina. O amor não passa de paciência. Uma paciência devota, violenta, tirânica. Uma paciência insensatamente otimista.

Nós não terminamos.

Leia também outros títulos do selo Tusquets do Brasil:

Quem cuida dos seus filhos quando você não está olhando?

Apesar da relutância do marido, Myriam, mãe de duas crianças pequenas, decide voltar a trabalhar em um escritório de advocacia. O casal inicia uma seleção rigorosa em busca da babá perfeita e fica encantado ao encontrar Louise: discreta, educada e dedicada, ela se dá bem com as crianças, mantém a casa sempre limpa e não reclama quando precisa ficar até tarde.

Aos poucos, no entanto, a relação de dependência mútua entre a família e Louise dá origem a pequenas frustrações – até o dia em que ocorre uma tragédia.

Com uma tensão crescente construída desde as primeiras linhas, *Canção de ninar* trata de questões que revelam a essência de nossos tempos, abordando as relações de poder, os preconceitos de classe e entre culturas, o papel da mulher na sociedade e as cobranças envolvendo a maternidade.

Publicado em mais de 30 países e com mais de 600 mil exemplares vendidos na França, este thriller fez de Leïla Slimani a primeira autora de origem marroquina a vencer o Goncourt, o mais prestigioso prêmio literário francês.

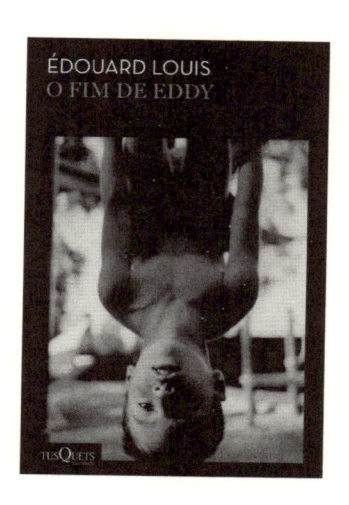

"Todas as manhãs, enquanto me arrumava no banheiro, eu repetia a mesma frase sem parar, tantas vezes que ela terminaria por perder o sentido, passaria a não ser mais do que uma sucessão de sílabas, de sons. Eu parava e retomava a frase: Hoje eu vou ser um durão. Eu me lembro porque eu repetia exatamente aquela frase, como se faz com uma oração, com aquelas exatas palavras – Hoje eu vou ser um durão (e eu choro enquanto escrevo estas linhas: choro porque eu acho essa frase ridícula e horripilante, essa frase que, durante anos, me acompanhou e que de certa forma ocupou, não creio que haja exagero em dizer isso, o centro da minha vida)."

O fim de Eddy, romance autobiográfico de uma das mais proeminentes vozes da nova literatura francesa, desvela o conservadorismo e o preconceito da sociedade no interior da França. De forma cruel, seca e sufocante, a violência e a amargura de uma pequena cidade de operários se contrapõem à sensibilidade do despertar sexual de um garoto, estabelecendo um paralelo direto com as experiências do próprio autor.